판 판 판

레코드 **판** 속
수다 한 **판**
인생 한 **판**

일러두기

1) 주요 외국 인명과 그룹명은 처음에만 원어와 병기함. 단, 각주가 달릴 경우 각주에 표기함.

2) 책, 잡지, 영화는 《 》로, 앨범, 방송 프로그램은 〈 〉로, 노래는 ' '로 표기함.

3) 앨범은 스트리밍 서비스를 뺀 카세트테이프, LP, CD를 모두 아울러 말함.

4) 주요 내용으로 소개되는 30장의 LP 앞면과 뒷면 사진을 각 내용 시작과 끝에 실음.

5) 앨범 소개는 아티스트, 음반사, 발매년도, 사진에 실린 해당 음반 설명 순으로 실음.

6) 국내 앨범일 경우, 곡명 표기 맞춤법은 앨범과 동일하게 함.

판 판 판

레코드 **판** 속
수다 한 **판**
인생 한 **판**

김광현 지음

책밥상

20년 차 음악 잡지 편집장이 되고 보니…

처음은 이랬다.

《재즈피플》에서 사진을 맡아주는 나승열 작가와 얘기하다 그가 불쑥 "형, 책 안 내요? 혹시 이런 책 어때요?"라며 물었다. 그때 보여준 책이 사진 전문 출판사 아퍼처Aperture에서 발간한 《Total Records》라는 책이다. 텍스트는 거의 없고 앨범 커버를 사진작가가 직접 찍어 큼지막하게 보여주는 묵직한 LP 사진집이었다. 펼친 페이지를 꽉 채우는 LP 커버를 보며 이런저런 얘기를 나누다 나 작가가 책을 건네주며 "형이 가지고 있는 LP로 한번 해요, 사진은 내가 찍어줄 테니깐." 하고 말했다. 나는 "그래?"라고 하고 못 이기는 척하며 책을 받아왔다.

20년 동안 잡지를 만들다 보니 주변에서 "편집장님은 왜 책 안 내요?"라는 얘기를 제법 들었다. 그럴 때마다 매달 잡지 만드는 것으로 대신한다고 에둘러 답하곤 했지만, 솔직히 '폼' 나는 책 하나 내고 싶은 마음이 없지는 않았다. 아니 누구보다도 컸지만 그럴 재주와 용기가 없었다. 그런데 나 작가에게 빌려온 책을 보니 약간의 텍스트를 더해 앨범 커버 사진집 정도는 낼 수 있을 것 같다는 생각이 들었다. 나 작가 명성에 슬쩍 무임승차하는 것도 나쁘지 않을 테고 말이다.

출판사 책밥상의 전지운 대표를 만났다. 전 대표와는 아주 오래전 잡지 편집장과 독자로 처음 만났다. 독자 기고를 받는 코너에 마일스 데이비스Miles Davis가 1954년에 연주한 'It Never Entered My Mind'로 참여해 멋진 글을 써 주었다. 이번에는 반대 입장이 되어 전 대표와 얘기를 나누다 LP 사진집이 아닌 내 이야기를 앨범과 묶어 써달라는 제안을 받았다. 집에 돌아와 생각해보니 LP 컬렉션이 대단한 것도 아닌데 이걸 사진집처럼 낸다는 것은 내 욕심이고 개인 자료 정리 이상의 가치는 없을 거란 생각이 들었다.

1969년 서울에서 태어나 10년 후 1979년 천호동 성당에서 첫영성체를 받고 10년 후 89학번이 되고 또 10년 후인 1999년부터 재즈 잡지를 만들었다. 그 후로 20년 후인 2019년은 만으로 50세가 되는 해이고 재즈 잡지 편집장을 맡은 지 20년이 되는 해다. 이렇게 2019년은 여러모로 의미 있는 해여서 올해 책을 안 내면 다시 10년을 기다려야 할 것만 같았다. 그래서 이렇게 되었다.

음악을 듣고 글 쓰는 것이 직업인 분들은 다르지만, 보통은 학창 시절인 10~20대 때 들은 음악을 평생 음악으로 듣고 산다. 그때 들은 음악적 감흥은 DNA에 각인되고 추억이라는 리플레이 버튼이 되어 언제 들어도 감동이다. 국민학교(초등학교) 운동회 때 들은 로버트 팔머Robert Palmer의 'Bad Case Of Loving You', 성내동 독서실에서 중2 때 들은 김수철의 '못다핀 꽃한송이', 그리고 고등학교 때 휴대용 카세트 플레이어로 친구와 나눠 듣던 딥 퍼플Deep Purple의 'Highway Star'는 아마 일흔이 되는 2039년에도 듣고 있을 것이다.

《판판판》에는 이런 음악을 CD와 카세트테이프가 아닌 책의 처음 의도를 살려 LP로 소개한다. 1950년대 재즈 앨범부터 1990년대 대중가요 앨범까지 다양한 LP 30장(재즈, 가요, 팝 10장씩)을 골랐다. 음악을 들었을 당시의 이야기를 끄집어내다 보니 자연스럽게 음악 일기장이 되었다. 굳이 드러내고 싶지 않은 개인적인 이야기도 있지만, 하늘의 뜻을 알게 되는 지천명을 핑계 삼아 용기 내어 엮어낸다.

40~50대 기성세대가 학창 시절에 경험한 1970~80년대 문화가 10~20대에게 신선한 레트로 문화로 스며들고 있다. 이런 시대적 사명을 두 어깨에 짊어지고 1970년대에 국민학교를 다니고 1980년대에 중고생 시절을 보낸 나의 앨범, 나의 사적인 음악 이야기를 시작한다.

사진 아이디어를 준 나승열 작가, 편집자와 독자 역할을 동시에 수행하며 함께 책을 만든 책밥상의 전지운 대표, 월간 《재즈피플》 가족과 음악 글을 쓰는 동지 여러분에게 고마움을 전한다. 그리고 두 명의 오 여사(어머니, 아내)와 두 딸아이도 빼놓을 수 없다. 마지막으로 《판판판》의 진짜 주인공인 LP 30장의 아티스트(밴드)에게 이 말을 전한다.

"당신들의 음악은 인생의 변곡점마다 내가 가야 할 길을 비춰 주었습니다. 때론 돌아가는 길이기도 했지만 이렇게 책으로까지 엮었으니 그럭저럭 잘 따라왔나 봅니다. 고맙습니다."

2019년 6월

김광현

Dream 음악을 꿈꾸다

Life 인생은 음악을 타고

The Best
& The First
기록하다

1월 한겨울이기도 했고 숭의음악당 내 난방이 잘 안 되었는지 공연 보는 내내 몹시 추웠다. 어디서 용기가 났는지 같이 간 여학생의 손도 잡고 공연 후반에는 밖에 있는 달짝지근한 자판기 커피까지 사서 한 잔 건넸다. 그때 결심했다. 매일 커피를 타주면 정말 좋겠다고. 그런데 그만 말이 씨가 된다고 오늘까지 커피를 내려주고 있다.

Prince And The Revolution

Warner Bros ◆ 1984년 ◆ 미국 초반, 25110-1

Side A
1. Let's Go Crazy
2. Take Me With U
3. The Beautiful Ones
4. Computer Blue
5. Darling Nikki

Side B
1. When Doves Cry
2. I Would Die 4 U
3. Baby I'm A Star
4. Purple Rain

제일 비싼 LP가 뭐예요?

간혹 이런 질문을 받는다. "가지고 있는 음반 중 가장 좋아하는 것은 뭐예요?" "제일 비싼 앨범은 뭐예요?" "무인도에 앨범 3장을 가지고 간다면 어떤 것을?" 등등이다. 이 중 귀를 쫑긋 세우고 대답에 집중하는 질문은 가장 비싼 앨범에 대한 이야기다.

다행인지 불행인지 난 고가의 앨범을 가지고 있지 않다. 학창 시절인 80년대에 듣던 팝 앨범들은 대부분 국내에서 발매된 라이선스 LP들이어서 지금도 만 원이면 1~2장은 살 수 있다. 2000년대에 들어 LP를 다시 듣기 시작할 때는 이미 50~60년대 해외 재즈나 대중가요 중고 LP 가격이 많이 오른 상태였기에 몇십만 원, 몇백만 원 하는 고가의 LP는 없다. 간혹 1~2만 원에 산 것들이 몇십만 원으로 오르기도 하지만 아주 드문 경우이다. 물론 정말 가지고 싶은 LP가 눈에 띄면 간혹 무리해서 사지만 지금도 1~2만 원 이상 되는 중고 LP는 최대한 자제한다. 다시 질문으로 돌아와서 가장 비싼 앨범이 뭔가 곰곰이 생각해보니 바로 프린스[1]의 〈Purple Rain〉이 아닌가 한다.

프린스 작사, 작곡, 노래, 기타 연주가 꽃 핀 프린스 앤 더 레볼루션 Prince And The Revolution의 〈Purple Rain〉은 팝 음악사에서 중요한 위치를 차지한다. 음악적인 가치만으로 따진다면 수백 수천만 원을 해야 하지만 워낙 많이 판매되었고 1984년 미국 발매와 동시에 거의 전 세계에서 라이선스했기 때문에 LP 가격이 그렇게 높지 않다. 중고 국내 반은 만 원, 수입 반은 2만 원 정도면 구매가 가능하다. 다만 그가 2016년에 세상을 떠나면서 중고 LP가 좀처럼 눈에 띄지 않는다.

2500만 장 이상 판매된 1980년대 이 LP가 몇십 배 몇백 배 오르게 된 이유는 바로 앨범 커버에 있는 '금빛 찬란한 프린스의 사인' 때문이다. 그의 공연을 보거나 호텔에서 만나 인터뷰하면서 받은 건 아니다. 상상만 해도 즐겁지만 프린스는 공연뿐 아니라 프레스 차원으로도 한국에 오지 않았다. 이웃 일본은 공식 투어만 6차례로 1986년부터 2002년까지 한 번 오면 5회 이상 일본 전역을 다니면서 공연을 했다. 그렇다. 이 사인이 담긴 앨범은 일본 도쿄의 중고 LP 매장에서 건진 보물이다.

2017년 12월 중고 음반매장을 운영하는 핑크(김) 대표와 함께 도쿄에 갈 기회가 있었다. 5일 동안 도쿄의 여러 매장을 다니면서 열심히 '디깅(음반 찾기)' 중이었는데 어느 매장에서 방금 들어온 중고 LP 한 무더기를 발견했다. 매장 '알바생'이 선반 위에 올려놓은 것으로, 일본의 중고매장은 순환이 빨라 판매자가 팔고 간 LP를 간단한 검수 후 바로 매대에 올려놓는 경우가 많다. 마침 그 무더기에 프린스 LP가 꽤 있어 얼른 챙겼다.

고인이 되었기에 다른 매장에서는 찾아볼 수 없었는데 이곳에서 프린스의 1980년대 대표작 4장 ⟨1999⟩ ⟨Purple Rain⟩ ⟨Parade⟩ ⟨Sign 'O' The Times⟩를 만났다. 누군가 프린스 앨범을 한꺼번에 내놓은 덕분에 수월하게 프린스의 대표작을 손에 넣었다. ⟨Purple Rain⟩은 국내 라이선스 LP를 가지고 있어 살까 말까 고민을 했는데 금지곡 없는 온전한 LP를 장만하고자(국내 라이선스 반에는 'Let's Go Crazy' 'Darling Nikki'가 빠졌다.) 장바구니에 담았다. 돌아와서는 이미 많이 들은 ⟨Purple Rain⟩은 LP장에 넣어두고 나머지 앨범을 먼저 들었다.

그러던 어느 날 사무실에 잠시 들른 D일보 음악 담당 '임' 모 기자가 일본에서 사 온 LP들을 쭉 보더니 "어, 편집장님 이거 뭐예요?" 하는 게 아닌가. 나를 포함해 같이 간 핑크 후배, 도쿄의 매장 담당자, 그 매장에서 나보다 몇 분 앞에 있었던 손님 등 정말 아무도 몰랐던 프린스의 황금색 사인을 임 기자가 알아본 것이다.

내가 직접 프린스를 대면하고 받은 사인이 아니니 확신할 수는 없지만 인터넷에서 찾은 그의 사인을 보고는 ⟨TV쇼 진품명품⟩, 아니 미국의 리얼리티 TV쇼 ⟨전당포의 사나이들⟩[2]에 나가 릭 아저씨를 만날 자신감이 생겼다. 그렇다면 과연 프린스의 사인이 있는 ⟨Purple Rain⟩은 얼마일까.

사진에 보이는 것처럼 커버에 사인이 있는 ⟨Purple Rain⟩은 2017년 경매 사이트에서 천 달러 이상에 거래되었다고 지인이 알려주었다. 솔직히 나도 나중에 검색해봤다. 조금 더 올랐다.

왕자님이 하늘나라에서 하사하신 〈Purple Rain〉은 이제 김 씨 집안의 가보가 되었다. 사랑하는 딸이 둘 있는데 벌써 고민이다. 유언에 〈Purple Rain〉을 누구 이름으로 남길지.

1) 프린스Prince(1958~2016)
미국 미니애폴리스에서 태어났다. 1958년생 동갑내기 팝 스타 마이클 잭슨, 마돈나와 함께 1980년대를 풍미한 슈퍼스타. R&B, 펑키, 블루스, 록을 뒤섞어 만들어낸 노래와 못 다루는 악기가 없을 정도로 타고난 음악성은 2011년 음악 잡지 《롤링 스톤》이 선정한 '역사상 가장 위대한 기타리스트 100' 순위에 프린스를 33위로 올렸다.

2) 전당포의 사나이(Pawn Stars)
미국 라스베이거스에서 3대가 운영하는 전당포에서 일어나는 일을 리얼리티 형식으로 엮은 히스토리 채널의 인기 프로그램. 골동품에 대한 가치를 알아보고 흥정하는 모습이 흥미를 더한다. 전당포 주인인 할아버지 올드맨은 2018년에 사망했고 아들 릭과 손자 코리가 이끌어간다.

도쿄 중고 음반매장에서 운명처럼 만난
프린스 LP 4장. 〈Purple Rain〉〈Sign 'O' The
Times〉〈Parade〉〈1999〉(왼쪽부터 시계방향).
왕자님, 감사합니다!

들국화

서라벌레코오드 ◆ 1986년 ◆ VIP 20027

Side A
1. Overture : 고향의 봄/ 콰이강의 다리/ 오월의 노래
2. 쉽게
3. 아침이 밝아올때까지
4. 행진
5. 조용한 마음

Side B
1. He Ain't Heavy He's My Brother
2. 나뭇잎 사이로
3. 멤버 소개
4. 축복합니다
5. The Best Of Time

Side C
1. 난 이젠 내일부터는
2. Moonlight Flower(Piano Solo)
3. 오후만 있던 일요일
4. 매일 그대와
5. 더이상 내게
6. 사랑일뿐이야

Side D
7. 그것만이 내세상
8. 행진(Reprise 2)
9. 우리의 소원
10. Come Sail Away
11. 앞으로 앞으로

그대들은 영원한 1위입니다

어릴 때 아버지 따라서 본 음악회나 학교에서 단체로 본 공연, 동네 행사 같은 거 말고 티켓을 사서 본 정식 콘서트는 뭘까?

고등학교 1학년 겨울 방학 때 본 들국화[1] 공연이 내가 본 첫 콘서트다. 1980년, 누나가 남산 숭의음악당에 레이프 가렛[2] 공연을 보러 간다고 했을 때 부러웠는데 고2로 올라가는 겨울 방학에 나도 그 소원을 숭의음악 당에서 '들국화 콘서트'로 풀었다.

'사랑했어요'로 인기 있던 김현식과 함께 가진 조인트 콘서트로, 당시 김현식(1958~1990)은 틀에 박힌 앨범 작업에서 벗어나 자신만의 사운드를 만들기 위해 밴드 봄여름가을겨울을 결성한다. 실력 있는 후배 연주자들인 김종진(기타, 1962~), 장기호(베이스, 1962~), 유재하(건반, 1962~1987), 전태관(드럼, 1962~2018)으로 밴드를 만들어 김현식 3집을 준비한다. 작업 도중 유재하는 '가리워진 길'을 남기고 솔로 활동을 위해 밴드를 탈퇴하고 그 자리를 '비처럼 음악처럼'을 작사 작곡한 박성식(건반, 1961~)이 들어와 밴드는 완성된다. 지금 생각하니 1986년 김현식의 무대는 한국 대중음악사의 소중한 순간이었다. 이렇게 중요한 김현식과 들국화의 콘서트를 보기 위해 찬바람을 맞으면서 남산에 있는 숭의음악당에 올랐다. 공연의 오프닝은 그룹사운드 서울패밀리가 맡았다. 김현식과 조인트 콘서트였지만 내 맘 속 주인공은 아무래도 들국화였다.

들국화 1집은 '한국 대중음악 100대 명반'[3] 순위에서도 알 수 있듯이 오랜 세월 부동의 1위를 차지하는 앨범이다. 음악 매체와 신문사가 공동으로 선정해 발표한 한국 대중음악 명반 순위는 지금까지 1998년, 2007년, 2018년 총 세 번 있었다. 1, 2차에는 들국화 1집이 1위를 차지했지만 〈한겨레〉 신문, 멜론, 태림스코어가 공동 진행한 2018년 '한국 대중음악 명반 100'에서는 유재하의 〈사랑하기 때문에〉에게 1위 자리를 내어준다. 그렇더라도 나에게만은 영원한 1위다.

그러니 이 책에서 당연히 들국화 1집을 얘기해야 마땅하지만 첫 콘서트를 추억하며 게이트 폴드[4] 형식의 더블 앨범(2LP)으로 제작된 들국화의 〈Live Concert〉를 골랐다. 그리고 추위를 뚫고 올라가는 나의 첫 콘서트 남산 길을 동행해준 여학생이 있었으니 〈Live Concert〉를 어찌 꼽지 '아니아니아니'할 수 있을까.

록 밴드의 녹음은 악기별 특색을 살리고 보컬을 선명하게 담아내야 하는데 1980년대 국내 록 밴드 녹음은 여러모로 아쉬움이 많을 수밖에 없다. 그러니 록 밴드의 라이브 녹음은 잘해야 본전이다. 그러나 들국화는 오랜 라이브 경험을 살려 앨범에서 살아 퍼덕이는 날것의 느낌을 고스란히 전해준다. 1집을 발매하기 전부터 들국화는 공연으로 소문이 자자했다. 동부이촌동, 이태원, 신촌에서 가진 공연으로 일찍부터 입소문이 나기 시작해 1집 발매 즈음해서는 소극장 장기 공연과 지방 공연도 성황리에 치른다.

누나와 형이 듣던 라디오를 귀동냥하며 팝송을 일찍 접한 덕에 중학교 때부터 록 음악을 듣고 앨범을 사기 시작했다. 그때 음악 '좀' 듣는 친구들이 다 그렇듯 대중가요보다는 해외 하드 록과 헤비메탈 음악을 주로 들었다. 하지만 들국화 음악에는 해외 록 밴드에서는 느낄 수 없는 따뜻한 우리네 정서가 있었다. 포효하는 전인권의 노래와 최성원의 감성적인 음악은 언더그라운드에서 출발했지만 1980년대 대학가요제 출신 그룹사운드의 아마추어리즘을 훌쩍 뛰어넘었다. 그리고 한 장의 정규 앨범이 지녀야 할 음악적 완성도를 최대로 끌어올려 하나의 모범이 되었다.

⟨Live Concert⟩는 들국화가 1985년 1집 발매 후 가진 공연 실황으로, 연주가 틀리고 박자를 놓쳤음에도 아랑곳하지 않고 당시 들국화 모습 그대로를 담아냈다. 공연을 진행하는 전인권의 멘트와 멤버 소개는 콘서트를 못 본 분에게도 공연장에 와 있는 느낌을 주기에 충분했다. 물론 그들의 자신감이 과하다고 생각하는 분도 있지만 추위에 떨며 오른 남산에서 그들의 공연을 본 나에게는 최고 라이브 앨범 중 하나일 수밖에 없다.

1997년에 우리 곁을 떠난 허성욱(건반)에 이어 주찬권(드럼, 2013년), 조덕환(기타, 2016년)이 세상을 떠났으니 이제는 〈Live Concert〉만이 들국화의 원형을 만날 수 있는 유일한 라이브다.

그런데 〈Live Concert〉는 우리가 일반적으로 알고 있는 공연장에서 가진 실황이 아니다. 들국화가 1집을 녹음한 동부이촌동에 있는 서울 스튜디오에서 가진 스튜디오 라이브 앨범이다. 기본적으로 녹음 설비가 되어 있는 스튜디오에서 가진 라이브 덕에 꽤 좋은 소리를 담고 있으며 들국화 팬 수백 명으로 구성된 관객의 환호성도 실감 나게 기록되어 소극장 콘서트 분위기가 물씬 풍긴다. 하얀 바탕에 고딕체로 '들국화'가 크게 새겨져 있는 심플한 앨범 커버와는 달리 게이트 폴더를 열면 라이브 사진 수십 장이 화려하게 실려 있다. 전인권과 최성원이 마이크 하나를 사이에 두고 노래하는 모습은 지금 봐도 참 아름답다. 사진 한 장 한 장이 소중하던 당시 노래하고 기타 치는 들국화의 컬러 사진이 담긴 〈Live Concert〉는 너무 소중해 아껴볼 정도였다.

서울 스튜디오에는 못 갔지만 비슷한 시기에 본 남산 숭의음악당 공연은 그렇게 나의 첫 콘서트가 되었다. 첫 콘서트를 첫사랑과 함께 들국화와 김현식으로 시작했으니 음악 주변 일을 하는 운명은 그때 정해진 듯하다. 〈Live Concert〉에도 실린 '행진' '아침이 밝아올때까지' '그것만이 내세상' '사랑일뿐이야'와 영국 맨체스터 출신 밴드 홀리스The Hollies의 'He Ain't Heavy He's My Brother', 미국 록 밴드 스틱스Styx의 'Come Sail Away'를 들었다. 들국화는 팝송을 불러도 자신의 곡으로 만드는 재주를 가졌는데 특히 스틱스 노래는 기막히게 소화했다.

1월 한겨울이기도 했고 숭의음악당 내 난방이 잘 안 되었는지 공연 보는 내내 몹시 추웠다. 어디서 용기가 났는지 같이 간 여학생의 손도 잡고 공연 후반에는 밖에 있는 달짝지근한 자판기 커피까지 사서 한 잔 건넸다. 그때 결심했다. 매일 커피를 타주면 정말 좋겠다고. 그런데 그만 말이 씨가 된다고 오늘까지 커피를 내려주고 있다.

그렇다. 그 여학생은 중2 때 성당에서 만난 이후 지금까지 같이 살고 있는 두 딸의 엄마이자 아내(오 여사)이다. 책을 쓰는 중간 오 여사에게 원고를 몇 번 보여주었다. 그때마다 "뭐, 괜찮네, 재밌어."라고 건조하게 답을 주었다. 그러던 어느 날 무심한 듯 방에서 나와서는 "뭐, 내 얘기할 앨범은 없는 건가⋯⋯?" 하는 것이 아닌가. 그때부터 부리나케 이 글을 쓰기 시작했다.

"사랑합니다."

1) 들국화
전인권(보컬), 허성욱(건반), 최성원(베이스)이 1983년에 결성한 한국의 록 밴드. 이후 조
덕환(기타)과 주찬권(드럼)이 가세하여 1985년에 들국화 1집 〈들국화〉를 발표해 한국 록
의 이정표를 세운다. 방송보다는 라이브 무대로 팬들과 소통하며 활동하지만 2집 발매 후
해체하고 각자 활동하다가 1997년 원년 멤버 허성욱이 사망하면서 들국화의 완전체는 불
가능해진다. 2012년에 전인권, 최성원, 최구희(드럼)가 들국화 재결성을 발표하며 의욕
적으로 활동하지만 주찬권이 다음 해 갑자기 (심장마비로) 사망하면서 들국화는 또 한
번 꺾이고 만다.

2) 레이프 가렛Leif Garrett(1961~)
미국 캘리포니아에서 노르웨이계 영국인의 피를 이어받고 태어난 배우 겸 가수. 어린 나
이에 연기를 시작해 아역 스타로 성공한 후 1977년 가수로 데뷔한다. 1978년 발표한 2집
〈Feel The Need〉에 실린 싱글 'I Was Made For Dancing'이 대성공을 거둔다. 1980년과
2013년 두 번의 내한 공연을 가졌다.

3) 한국 대중음악 100대 명반
한국 대중음악의 주요 앨범을 확인할 수 있는 목록으로 총 세 번의 순위 발표가 있었다. 1
차는 1998년, 잡지 《서브》에서 2차는 2007년, 〈경향신문〉과 음악전문 웹진 《가슴네트워
크》가 공동 기획해 순위와 앨범 리뷰가 〈경향신문〉에 연재되었다. 3차는 2018년에 〈한겨
레〉 신문, 음원 사이트 멜론, 출판사 태림스코어 공동 기획으로 47인의 선정위원이 참여해
순위를 발표했다.

4) 게이트 폴드Gate Fold
양쪽으로 펼쳐지는 LP 패키지를 말하는 것으로 두 개의 LP로 제작된 경우 대부분 게이트
폴드 양쪽에 1장씩 들어가 있다. 해외 아티스트의 자료가 귀하던 시절 게이트 폴드에 있는
사진은 음악 팬의 귀중한 자료가 되었다.

Queen

EMI ◆ 1981년 ◆ 오아시스레코드사(1982년), OLE-411

Side A
1. Under Pressure
2. Love Of My Life
3. Fat Bottomed Girls
4. My Melancholy Blues
5. You're My Best Friend
6. Don't Stop Me Now
7. Save Me
8. Mustapha

Side B
1. Crazy Little Thing Called Love
2. Somebody To Love
3. Now I'm Here
4. Good Old-Fashioned Lover Boy
5. Play The Game
6. Flash
7. Seven Seas Of Rhye
8. We Will Rock You
9. We Are The Champions

역주행의 새 역사, 보헤미안 랩소디

'당신이 좋아하는 록 밴드 10'에 답한다면 그 첫 자리는 '레드 제플린'이고 '핑크 플로이드' '딥 퍼플' '폴리스' '러쉬' '반 헤일런' '메탈리카' 등이 이어질 것이다. 새로운 록 밴드가 등장하고 인기를 얻어도 10위 안에 드는 밴드는 1970~80년대 활약한 레전드 록 밴드이다.

그런데 2018년을 지내면서 영국 밴드 퀸Queen을 어찌 봐야 하나 고민이 생겼다. 학창 시절부터 지금까지 록 밴드 순위에 퀸은 대략 20위 언저리였는데 영화 《보헤미안 랩소디》(2018) 이후 '국민밴드'라 할 정도로 사랑을 받고 있는 모습이 다소 생경하다. 발표된 지 한참 지난 곡이 갑작스레 사랑을 받을 때 '역주행'이란 말을 쓰는데 퀸의 음악은 역주행이 아니라 가히 신드롬에 가까울 정도로 열광적이다. 2019년이 되면서 열기는 가라앉았지만 음악 영화 최고 기록인 1000만(995만 명)에 가까운 흥행 신기록을 거두었다.

음악 영화는 한국에서 잘 안 되는 장르 영화 중 하나다. 《레미제라블》 (2012)이 592만, 아바 음악이 전편에 흐르는 《맘마미아!》(2008)는 458만, 재즈와 로맨스가 재밌게 녹아 있는 《라라랜드》(2016)도 360만에 그치고 말았다. 그러니 퀸의 결성 과정과 성공, 보컬리스트 프레디 머큐리 Freddie Mercury(1946~1991)의 이야기를 담은 록 밴드 영화가 이렇게 큰 성공을 거두리라고는 제작사나 수입사, 심지어 퀸 팬들도 예상하지 못했다. 미국을 제외하고는, 본국인 영국과 퀸 사랑이 대단한 일본을 제치고 가장 많은 관객 수를 달성했다니 대단한 기록이 아닐 수 없다. 주연 배우의 희화된 모습과 사실과 다른 몇 장면들을 보면서 속상해하는 퀸의 열성 팬들도 있지만, '천만 영화'는 1년에 영화 한 편 보는 분들과 중년들이 가족과 함께 영화관을 찾아야 가능한 수치다.

영화 《보헤미안 랩소디》의 가장 긍정적인 면이라면 퀸의 음악을 전주만 알고 있던 청년 세대들이 음악적이든 인간적이든 퀸과 프레디 머큐리를 알게 되었다는 것이다. 20~30년 후 그들이 지금을 추억하며 자녀와 퀸 음악을 나눈다면 그것 또한 감동적일 것 같다.

퀸의 많은 앨범 중 가장 사랑받는 것은 어떤 작품일까. 'Bohemian Rhapsody'가 실린 1975년 작 〈A Night At The Opera〉일까, 'We Will Rock You'와 'We Are The Champions'를 이어서 들을 수 있는 1977

년 작 〈News Of The World〉, 아니면 'Another One Bites The Dust' 가 있는 1980년 작 〈The Game〉일까. 다 틀렸다. 이 모든 곡을 한 번에 들을 수 있는 결성 10주년을 기념해 1981년에 발표한 퀸의 베스트 앨범 〈Greatest Hits〉다.

음악 마니아들은 히트곡을 모아 놓은 편집 앨범보다는 정규 앨범을 좋 아하지만, 퀸의 〈Greatest Hits〉는 누구도 이견을 달 수 없는 음악 역사 상 가장 완벽한 베스트 앨범이다. 〈Greatest Hits〉는 퀸의 1집 〈Queen〉 (1973)부터 O.S.T.〈Flash〉(1980)까지의 활동을 집대성한 앨범으로 히트 곡 모음집 중 이글스Eagles의 〈Their Greatest Hits 1971-1975〉와 함께 베스트 편집 앨범의 양대산맥이다. 이는 앨범 판매 기록[1]으로도 확인할 수 있는데 영국을 대표하는 퀸의 〈Greatest Hits〉는 영국 내 판매 1위, 미국을 대표하는 이글스의 〈Their Greatest Hits 1971-1975〉는 미국 내 판매 1위다.

퀸의 활동 당시 인기는 국내에서도 대단해 EMI 본사와 국내 라이선스 앨범 계약을 맺은 오아시스레코드에서 LP를 발매했다. 퀸의 〈Greatest Hits〉는 1982년에 오아시스레코드에서 처음 선보이고 10년 후 1992년 에 국내 첫 다국적 음반사인 EMI/계몽사에서 다시 발매된다. 그리고 EMI가 유니버설 뮤직에 인수 합병된 후에 대대적인 리마스터링 작업을 거쳐 2011년에 다시 한 번 재발매된다. 이렇듯 〈Greatest Hits〉는 오아 시스, 계몽사, 유니버설 뮤직 3가지 버전이 있는데 사진은 금지곡 때문에 수록곡이 바뀐 첫 번째 버전인 오아시스레코드 발매인 일명 '싸우스 코리 아 스페셜 리미티드 에디션'이다.

영화 제목이자 이제는 국민 팝송이 된 'Bohemian Rhapsody'가

1970~80년대에 국내에선 금지곡이었고 퀸은 이 곡 외에 다수의 금지곡 보유 밴드였다. 'Bohemian Rhapsody'는 중간 중간 의미를 알 수 없는 가사와 도입부에 나오는 내용 "Mama, just killed a man(엄마, 사람을 한 명 죽였어)." 때문에 금지곡이 되었다. 가사를 설명할 때 알베르 카뮈가 쓴 《이방인》[2]이 등장하고 자신의 성 정체성에 대한 갈등을 그린 것이란 이 야기까지 여러 가지가 있지만, 가사를 쓴 프레디 머큐리는 사망할 때까지 정확한 의미를 얘기하지 않았다. 듣는 이에게 그 해석을 전적으로 맡기면서 수십 수백 가지 해석을 허락하고 1991년 늦가을에 떠났다.

국내에서는 〈Greatest Hits〉 A면 첫 곡 'Bohemian Rhapsody'를 시작으로 'Another One Bites The Dust' 'Killer Queen'까지 내리 3곡이 금지곡으로 묶여 잘려 나갔다. 그리고 여성들이 나체로 등장해 단체로 자전거를 타는 뮤직비디오가 화제였던 'Bicycle Race'까지 총 4곡이 빠지게 된다. B면은 무사통과되어 'Crazy Little Thing Called Love'를 시작으로 9곡이 모두 수록되었다.

금지곡으로 빈자리가 생기면 그 자리를 비워두는 것이 일반적인데 다행히 '싸우스 코리아 스페셜 리미티드 에디션'에는 다른 노래로 알차게 채워져 있다. 'Under Pressure' 'Love Of My Life' 'My Melancholy Blues'와 'Mustapha' 4곡이 그 주인공이다. 덕분에 'Bohemian Rhapsody' 자리를 대신 차지한 첫 곡 'Under Pressure'를 통해 퀸의 베이시스트 존 디콘John Deacon(1951~)의 연주와 프레디와 함께 한 데이비드 보위David Bowie(1947~2016)의 노래를 수없이 들었다. 그리고 퀸의 노래 중 골수팬만 좋아하는 'Mustapha'까지 알게 되었으니 '싸우스 코리아 스페셜 리미티드 에디션'도 썩 괜찮은 편집 앨범이다. 'Mustapha'를 들어본 적이 없다면 진정한 퀸의 팬이라고 할 수 없다.

물 들어올 때 노 젓는다고 하던가. 영화 《보헤미안 랩소디》 열풍으로 퀸의 LP 가격이 상상 이상으로 올라 있을 때 과감히 6장을 내다 팔고 그 돈으로 꼭 사고 싶던 재즈 LP 1장을 샀다. 퀸은 이렇게 나에게 재즈 앨범 하나를 선사해 주었다. 그래도 2장은 내놓지 않고 가지고 있는데 가장 좋아하는 퀸 앨범인 1978년 작 〈Jazz〉[3]와 '싸우스 코리아 스페셜 리미티드 에디션' 〈Greatest Hits〉다. 〈Jazz〉를 가지고 있는 건 앨범 안에 '윔블던 구장'에서 나체로 자전거 타는 영국 누님들 포스터가 있기 때문만은 아니다.

▶

프랙탈Fractal 이미지가 묘한 느낌을 주는 퀸의 〈Jazz〉(1978)
커버. 드러머 로저 테일러Roger Taylor가 베를린 장벽에 그려진
그림을 보고 아이디어를 제안했다고 한다.
반복되는 원뿐 아니라 상단에는 퀸, 하단에는 자전거 타는 여성의
모습까지 반복적으로 그려져 있다.

1) 앨범 판매 기록_ 가장 많이 판매된 단일 앨범 (2018년 기준)

영국 퀸의 〈Greatest Hits〉가 630만 장 판매로 1위이고 아바의 〈Gold: Greatest Hits〉,
비틀스의 〈Sgt. Pepper's Lonely Hearts Club Band〉, 아델의 〈21〉, 오아시스의 〈(What's
The Story) Morning Glory?〉가 2위부터 5위다. 10위 안에 미국 아티스트 앨범으로는 9위
에 오른 마이클 잭슨의 〈Thriller〉가 유일하고 퀸의 두 번째 베스트 앨범 〈Greatest Hits
II〉가 10위에 올라 퀸의 두 앨범 판매량을 합치면 1억 장이 넘는다.

_ (출처: 영국 음반 산업협회 BPI)

미국 이글스의 〈Their Greatest Hits 1971-1975〉가 3800만 장 판매로 1위이고 이어 마
이클 잭슨의 〈Thriller〉, 이글스의 〈Hotel California〉, 레드 제플린의 〈Led Zeppelin IV〉,
AC/DC의 〈Back In Black〉이 5위다. 전 세계 판매 순위는 마이클 잭슨의 〈Thriller〉가 부동
의 1위지만 미국에서는 이글스 앨범이 앞서 있다.   _ (출처: 미국 음반 산업협회 RIAA)

2) 알베르 카뮈Albert Camus(1913~1960), 《이방인L'Étranger》

프랑스의 소설가, 극작가, 철학자로 《이방인》은 알베르 카뮈가 1942년 생전에 출판한 첫
번째 소설이다. 실존주의 문학의 정수라 평가받는 책으로 부조리한 인간과 사상에 대해
이야기하고 있다. 1957년 《이방인》으로 노벨문학상을 수상한 후 장편소설 《최초의 인간》
집필 중 1960년 자동차 사고로 생을 마쳤다. 외국인이자 동성애자로 이방인의 삶을 산 프
레디 머큐리와 《이방인》의 주인공 뫼르소를 비교하는 견해도 있다.

3) 〈Jazz〉

1978년에 발표한 퀸의 정규 7집. 재즈와 전혀 상관없는 퀸의 록 앨범으로 원을 반복적으
로 그린 커버 아트가 LP 앞뒷면을 장식한다. 'Mustapha'를 시작으로 최대 히트곡 'Don't
Stop Me Now'와 'Fat Bottomed Girls' 'Bicycle Race'가 수록되어 있다. 'Bicycle Race' 뮤
직비디오는 옷을 모두 벗고 윔블던 구장에서 자전거 타는 여성들의 영상이 있어 논란을 불
러일으켰다. 〈Jazz〉 LP 안에는 여성들의 대형 자전거 포즈 포스터가 3단으로 접혀 있다.
물론 국내 라이선스 앨범에는 없다.

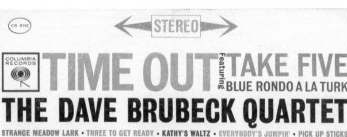

Dave Brubeck Quartet

Columbia ◆ 1959년 ◆ 미국 초반(Stereo, 6-Eye), CS 8192

Side A
1. Blue Rondo A La Turk
2. Strange Meadow Lark
3. Take Five

Side B
1. Three To Get Ready
2. Kathy's Waltz
3. Everybody's Jumpin'
4. Pick Up Sticks

따딴따딴, 따~딴! 5박자의 기적

음악을 좋아하고 뮤지션의 꿈을 꿨던 분들이 결국 이루지 못하면 그 꿈을 자녀에게 강요하는 경우가 있다. 록 음악을 좋아하고 재즈를 사랑한 나도 첫째 아이에게 아빠가 못 이룬 꿈을 이뤄주길 바랐던 적이 있다. 자녀의 성공이 나의 성공이라고 생각한 건 아니지만 평생 음악을 하며 살아가는 뮤지션의 삶도 괜찮은 인생이라고 생각했다. 그래서 첫째가 초등학교 5학년이 되자 색소폰을 가르쳤다. 한국의 캔디 덜퍼[1]를 꿈꾸며 아이 의견과는 상관없이 재즈 연주자가 되기 위한 좋은 길, 빠른 길이라 생각한 것들을 시켰다.

아이가 중학교에 입학하자 2년 동안 개인 지도를 받았음에도 색소폰에 흥미를 느끼지 않는다는 것을 감지했다. 연습하지 않는 딸아이에게 잔소리만 하는 나를 보면서 결국 중2 때 서로 합의 하에 그만두었다. 혹시 쉬다 보면 다시 색소폰을 불고 싶은 맘이 생길지 몰라 일단 기다려 보기로 했지만 색소폰은 1년에 한두 번 빼고는 빛을 보지 못했고 고등학교 3년은 그마저도 벽장 안에 갇혀 있어야 했다.

그런데 뭐든 배워두면 다 쓸모가 있나 보다. 딸은 대학교 새내기가 된 후 교내 재즈 연주 동아리가 있는 것을 보고는 잠자던 색소폰을 가지고 동아리 오디션을 보러 가서 덜컥 합격했다. 한국에서 음악 전공생이 아닌 일반 학생이 색소폰 소리를 내거나 심지어 악기를 가지고 있는 경우가 얼마나 될까. 악기 덕분에 부족한 연주 실력이지만 합격해 매일같이 연습하고 주말에도 동아리 연습한다고 집을 나서는 것이 참 뿌듯했다.

모든 음악이 그렇지만 연습하고 합주하는 이유는 공연을 하기 위함이다. 학교 동아리이다 보니 1년에 두 번 정도 정기 공연을 하는데 딸아이는 1학년 연습 과정을 거치고 2학년 정기 공연에서 알토 색소폰 솔로 연주를 맡았다. 학교 동아리 연습만으로는 부족하다고 느껴 동네에 있는 색소폰 학원에 가서 몇 달 동안 개인 지도를 받아가며 공연을 준비했다. 그렇게 해서 연주한 곡이 데이브 브루벡 쿼텟 Dave Brubeck Quartet의 연주로 유명한 'Take Five'다.

'Take Five'는 뮤지컬이나 영화를 위해 만든 재즈 스탠더드[2]가 아닌 연주자가 직접 만든 창작곡 중 가장 많이 알려진 재즈 곡이다. 딸아이는 공연에서 데이브 브루벡 쿼텟 멤버인 알토 색소포니스트, 폴 데스몬드[3]가 작곡하고 연주한 이 원곡을 그럴 듯하게 연주해 큰 박수를 받았다.

'Take Five'가 수록된 1959년작 〈Time Out〉을 발표한 데이브 브루벡 Dave Brubeck(1920~2012)은 오클랜드에 있는 밀즈 대학에서 프랑스 출신의 고전 음악 작곡가 다리우스 미요Darius Milhaud(1892~1974)에게 배워 클래식을 잘 활용하는 재즈 피아니스트이다. 영혼의 파트너인 알토 색소포니스트 폴 데스몬드를 시작으로 드러머 조 모렐로Joe Morello(1928~2011)와 베이시스트 유진 라이트Eugene Wright(1923~)가 가세하면서 1958년에 4중주인 데이브 브루벡 쿼텟 진용이 완성된다. 정갈한 연주가 특징인 쿨 재즈[4]의 대표 쿼텟으로 존 콜트레인John Coltrane(1926~1967) 쿼텟과 함께 재즈사를 빛내는 '클래식 쿼텟'으로 기록되어 있다.

데이브 브루벡 쿼텟의 앨범 〈Time Out〉이 사랑받는 이유는 4분의 5박자(5/4) 곡 'Take Five'가 실려 있기 때문이다. 그때까지 5박자 곡은 대중음악에 거의 없었고 폴 데스몬드도 드러머 조 모렐로의 솔로 연주를 위해 독특한 5박자 곡을 만든 것이 전부였는데 운명은 'Take Five'를 성공으로 이끈다.

인기의 증거로 재즈 연주곡으로는 드물게 7인치 싱글 음반으로 발매되어 1961년 10월 9일 '빌보드 Hot 100'에서 25위에 오른다. 그리고 〈Time Out〉은 100만 장이나 팔려 흥행에도 성공한 모던 재즈[5] 앨범이다. 한 번만 들어도 잊을 수 없는 인상적인 전주, 5박자 곡이지만 전혀 어색하지 않은 안정적인 드럼과 베이스 연주, 그리고 그 뒤를 감싸 안는 포근한 피아노 연주가 하나 되어 감상자를 매료시킨다. 거칠고 무거운 기존의 재즈가 아닌, 가벼운 리듬과 세련된 연주로 전 세계인이 즐기는 재즈 곡이다.

'Take Five'가 5/4박자여서 어렵게 생각할 수도 있는데 3박자와 2박자가 서로 응대하는 '콜 앤 리스폰스Call & Response' 형식이라고 보면 쉽다. 'Take Five'는 '5분간 휴식'이란 뜻으로 스튜디오 녹음 중 레코딩 엔지니어가 녹음으로 지친 연주자에게 잠깐 쉬자고 할 때 자주 쓰는 말이다. 'Take Five'란 곡명이 만들어진 계기도 폴 데스몬드가 5분간 커피 타임으로 쉴 때 연습 삼아 연주한 선율이 발단된다.

곡이 처음 발표될 때는 이렇게 히트할 줄 모르고 익살스러우며 약간은 조잡스러운 곡을 말하는 '노벨티 송Novelty Song'으로 분류해 A면 마지막 곡으로 수록한다. A면 첫 곡은 리더인 데이브 브루벡 작곡의 'Blue Rondo A La Turk'를 싣는다. 이 곡은 9/8박자로 터키풍의 2-2-2-3 패턴을 가지고 있는 이국적인 곡이다. 격동적이고 빠른 전반부가 끝난 후에는 전통적인 4박자로 바뀌면서 가벼운 스윙 연주를 펼친다. 데이브 브루벡은 〈Time Out〉에서 다양한 박자를 실험적으로 사용하는데 'Three To Get Ready'에서는 3/4박자와 4/4박자가 혼용되고 'Everybody's Jumpin''은 6/4박자 곡이다. 'Kathy's Waltz'는 데이브 브루벡의 딸 캐시Cathy를 위해 쓴 우아한 왈츠 곡으로 'C'가 'K'로 오기되었는데 지금은 그대로 사용한다.

〈Time Out〉의 인기에는 세련된 앨범 커버도 한몫한다. 추상화가인 피에트 몬드리안과 잭슨 폴락의 화풍을 닮은 감각적인 커버는 그 자체가 예술작품이다. 일본계 미국인으로 콜롬비아 레코드에서 그래픽 디자이너로 일하며 현대적인 도형과 색채를 이용해 모던한 디자인을 추구했던 'S. 닐 후지타'(1921~2010)가 그렸다.

첫째 아이가 'Take Five'를 연주하는 모습을 클럽에서 보면서 큰 시험에 붙은 것보다 더 뿌듯하고 좋았다. 벌써 몇 년이 지났는데 얼마 전 딸아이와 그때 얘기를 했다.

"채원아, 너 중학교 때 색소폰 그만두지 않고 계속 연주했으면 어땠을까? 잘했겠지~?"

"음……. 아빠, 솔직하게 얘기해줄까? 죽도 밥도 안 됐을 거야."

"……."

마침 거실 TV에는 '장안의 화제'인 드라마 〈SKY 캐슬〉이 재방영되고 있었다. 피라미드 꼭대기에 올라가기 위해 모든 것을 희생하고 경쟁하는 아이들과 이를 조장하고 외면하는 부모들의 모습은 한동안 한국 사회를 떠들썩하게 했다. 우리 가족도 재미있게 봤는데 채원이와 10살 터울인 둘째 세원이가 대화를 듣고 나를 쳐다보는데 그 시선이 어딘가 싸~한 게 차가웠다. 물불을 가리지 않고 서울 의대를 가고자 하는 예서를 언니로 둔 예빈이가 욕망 덩어리인 할머니에게 한 방 날리는 "그렇게 가고 싶으면 서울 의대 할머니가 가시지 그랬어요."가 생각나 뜨끔했다.

1) 캔디 덜퍼Candy Dulfer(1969~)

네덜란드 출신의 여성 색소포니스트로 재즈 색소포니스트였던 아버지, 한스 덜퍼의 영향으로 6살부터 연주를 시작했다. 1990년에 발표한 데뷔작 〈Saxuality〉에 실린 'Lily Was Here'가 연주곡임에도 불구하고 빌보드 11위에 오르며 전 세계적으로 사랑받았다. 재즈, 쏘울, 펑키 등 다양한 장르를 소화하는 아티스트다.

2) 재즈 스탠더드Jazz Standards

대중음악, 특히 재즈에서 자주 연주되는 곡을 지칭하는 말로 1920~40년대 전문 작곡가에 의해 뮤지컬과 영화를 위해 만들어진 곡이 대부분이다. 재즈 연주자들이 직접 만든 곡과 함께 50년대 이후 등장한 곡도 재즈 연주자들이 즐겨 연주하면서 스탠더드 범주에 자연스럽게 포함되고 있다. 같은 곡을 여러 번 반복해서 연주하는 재즈 연주의 특성상 유명한 재즈 스탠더드는 연주자들에게 교본과도 같다.

3) 폴 데스몬드Paul Desmond(1924~1977)

작곡가, 알토 색소포니스트로 1944년 군악대에서 데이브 브루벡과 만난 후 1951년부터 1967년까지 함께 쿼텟을 이끌었다. 재즈사를 대표하는 'Take Five'의 작곡자로 대단한 끽연가로도 유명하다. 1977년 폐암으로 사망할 때 'Take Five'를 포함해 자신의 저작권료 모두를 미국 적십자에 기증하고 떠나는데 2012년 기준으로 600만 달러가 넘었다고 하니 'Take Five' 인기를 짐작할 수 있다.

4) 쿨 재즈Cool Jazz

즉흥성이 강조된 1940년대 비밥Be Bop 이후 1950년대 유행한 장르로 비밥보다 절제된 사운드가 특징이다. 스윙과 비밥 등 기존의 재즈가 뉴욕을 중심으로 한 미국 동부에서 유행했다면 쿨 재즈는 미국 서부 지역에서 유행하며 편안하고 경쾌한 연주를 구사한다.

5) 모던 재즈Modern Jazz

스윙 재즈 시대가 저물고 1940년대 초반 비밥을 중심으로 재즈의 새로운 물결이 거세게 출렁인다. 춤을 추기 위한 음악이 아닌 연주자의 즉흥 연주가 강조된 비밥을 시작으로 이후 등장한 1950년대 재즈인 하드 밥과 쿨 재즈를 묶어 모던 재즈라 한다.

'Take Five'의 작곡가
폴 데스몬드의 대표작으로
1963년에 발표한 〈Take Ten〉
(일본 초반, SHP-5285).
타이틀곡 'Take Ten'은 'Take
Five'의 후속곡으로 8분의
10박자로 연주되어 유사한
느낌이 든다.
당시 보사노바의 유행으로
'Theme From Black Orpheus'
'Samba De Orfeus'가 수록되어
있다. 피아노 대신 기타(짐 홀)
와 쿼텟을 이룬 쿨 사운드의
최고 순간을 만날 수 있다.
커버 우측 가운데에
폴 데스몬드의 사인이 있다

김건모

덕윤산업 ◆ 1995년 ◆ DYL-1030

Side A
1. 아름다운 이별
2. 드라마
3. 이밤이 가면
4. 너에게
5. 너를 만난후로

Side B
1. 잘못된 만남
2. 멋있는 이별을 위해
3. 겨울이 오면
4. 넌 친구? 난 연인!
5. 그대와 함께

대한민국 최다 판매 기록은 누구?

K-Pop의 인기로 아이돌 그룹은 세대를 넘어 사랑받고 있다. 하루하루가 다르게 데뷔하고 사라지는 치열한 경쟁 체제이지만 좋은 팀은 장수하면서 성장해 나간다. 지금 10대들이 20~30년 후 기성세대가 되어 학창 시절을 추억할 때 BTS의 'Fake Love'나 레드벨벳의 '빨간 맛'을 떠올리는 것이 솔직히 적응은 안 되겠지만 그들에게는 이게 세대 음악이다.

나에게 세대 음악은 1980년대를 기준으로 위아래를 조금 걸치는 음악들이다. 1970년대 음악은 찾아 들으면서 자연스럽게 알게 되었고 1990년대 음악은 세대를 함께 관통하며 들었다. 1990년대를 대표하는 '서태지와 아이들'의 등장은 댄스 음악의 유행과 그룹 형태의 아이돌 체제를 다진다. 지금의 SM, JYP, YG 등 대형 엔터테인먼트 회사들도 대부분 이때 등장한다. 문민정부의 등장과 해외 문화 개방으로 양준일, 박정운, 박정현 등 해외 교포 가수의 활약까지 더해진다. 돌이켜보면 발라드, 댄스, 트로트, 인디 록 등이 다양하게 사랑받았던 시기가 1990년대다. 이는 수치로도 확인 가능한데 대한민국 역대 앨범 판매 순위 상위 랭크된 것이 대부분 1990년대 발매작들이다. 장르별 완성도가 높은 음악이 만들어진 것이 첫째 이유겠지만 앨범 발매가 LP에서 CD로 전환된 것도 한몫한다. 깨끗한 음질에 휴대가 편한 CD 판매는, LP와는 비교할 수 없을 정도로 90년대 중반까지 끝없이 오른다. 그리고 1990년에 SBS(서울방송)가 개국하면서 음악의 수요가 많아진 것도 빼놓을 수 없는 이유다. 그 정점에 김건모, 신승훈, 조성모, 서태지와 아이들, 룰라, DJ DOC 등이 있다.

전 세계에서 가장 많이 팔린 앨범[1]은 짐작하듯 마이클 잭슨Michael Jackson의 〈Thriller〉로 6600만 장에 이른다. 미국에서는 이글스의 〈Their Greatest Hits(1971-1975)〉, 영국은 퀸의 〈Greatest Hits〉가 1위지만 전 세계 판매를 합치면 압도적으로 마이클 잭슨의 〈Thriller〉가 1위다. 앨범 총 판매량으로 따지면 비틀스, 엘비스 프레슬리, 마이클 잭슨 순으로 조금 다르지만 마이클 잭슨이 가진 팝의 상징성과 보편성은 그 누구도 범접할 수 없다. 그렇다면 20세기에 발매된 단일 앨범으로 대한민국 최다 판매는 누구의 어떤 앨범일까? 힌트가 있다. 1990년대 활약한 가수이고 MP3 등 음원 유통이 본격화되기 전에 나온 앨범이어야 한다.

대한민국 기록은 '잘못된 만남'이 수록된 김건모의 3집이다. 약 4개월 동안 253만 장을 판매해 '국내 최단 기간 최다 앨범 판매량'으로 한국 기네스북에 올랐다(2019년 5월, BTS의 〈Map Of The Soul: Persona〉가 발매 19일 만에 323만 장을 판매해 최단 기간 기록을 넘어섰다). 요즘, SBS의 예능 프로그램 〈미운우리새끼〉에서 '쉰건모'라는 별명으로 나와 어디로 튈지 모르는, 나이를 잊은 50대 아저씨로 나오지만 1990년대에는 서태지, 신승훈과 함께 가요계를 씹어 먹던 '톱 쓰리'였고 대중 친화력은 단연 1위였다.

김건모는 당시 연예인 양성소로 유명한 서울예대와 해군 홍보단 출신으로 1992년 1집에 실린 '잠못드는 밤 비는 내리고'를 시작으로 '첫인상'이 사랑받으며 단번에 히트곡 가수로 올라선다. 발라드와 댄스 음악이 양분하던 1990년대에 쏘울 넘치는 목소리로 흑인 음악을 제대로 소화해 대중을 사로잡았다. 방송 3사의 신인상과 10대 가수상을 석권하고 다음 해 발표한 2집에 실린 '핑계'는 그야말로 국민가요 반열에 오른다. 1993년은 미국의 레게 밴드 유비포티UB40가 엘비스 프레슬리Elvis Presley의 원곡 '(I Can't Help) Falling In Love With You'를 리메이크해 레게 열풍이 전 세계적으로 불 때다. 국내에서는 김건모의 '핑계'를 시작으로 임종환의 '그냥 걸었어', 속사포처럼 쏟아내는 자메이카 랩을 구사한 룰라의 '100일째 만남'이 레게 열풍을 선도한다.

김건모는 '핑계'로 2집을 180만 장이나 팔며 1994년 모든 기록을 갱신하고 상을 받는다. 워낙 큰 히트를 연속 기록해 다음 앨범에 부담이 없을 수 없는데 1995년 초에 발표한 3집은 1, 2집을 뛰어넘어 대한민국 대중음악사의 전무후무한 기록을 세운다. 3집에서는 첨단 유행이었던 하우스 뮤직[21] 장르를 도입하고 랩까지 구사한 '잘못된 만남'이 그야말로 '대박'을 친다. 원래 타이틀 곡은 A면 첫 곡에 실린 김건모 스타일의 애절한 발라드인 '아름다운 이별'이었다. 하지만 춤을 추는 클럽을 시작으로 '잘 못된 만남'이 바람을 타며 전 국민을 빠른 하우스 비트의 포로로 만든다.

히트의 일등 공신은 1집부터 함께 작업한 프로듀서 김창환[3]으로 모든 곡의 가사를 직접 썼고, 작곡은 김창환, 천성일, 김형석이 나누어 맡았다. 당시 노래방에 가면 '잘못된 만남'은 긴 전주와 숨 쉴 수 없는 속사포 랩 때문에 부르면 안 되는 노래였지만 또 이를 잘 소화하면 노래방의 주인 공이 되었다. 그런데 이렇게 대중들에게 사랑받고 최다 판매 앨범인 김건 모의 3집 LP가 아이러니하게두 구하기 어려운 희귀 반이다. 언뜻 이해가 되지 않지만 김건모 3집이 나온 시기를 보면 짐작할 수 있다.

1982년 소니와 필립스가 개발한 CD는 LP 세상에서는 상상할 수 없는 깨끗한 음질로, 거의 두 배에 달하는 70분 내외 음악을 담아냈다. 1980 년대 후반이 되면서 CD가 보편화되는데 이때 음악 애호가들은 가지고 있는 LP를 CD로 바꾸게 된다. 지금 보면 안타깝고 아쉬운 일이지만 당 시는 다들 그랬고 그런 일이 우리 집에서도 벌어졌다.

클래식 마니아였던 아버지는 1970년대 후반 일본산 하이파이 오디오 (마란츠, 테크닉스. 티악)로 업그레이드해 음악을 들으셨다. 덕분에 나는 일 찍부터 분리형 오디오로 음악을 들을 수 있었으니 감사한 일이다. 그런데 CD 세상이 되면서 아버지는 모으셨던 LP를 거의 버리다시피 처분하시 고는 '산수이' CD 플레이어를 사셨다. 음악 애호가들은 당시 국적과 인 종을 막론하고 대부분이 이런 과정을 거치는데 고물상과 집 앞 쓰레기통 앞에는 노끈으로 묶인 LP 뭉텅이가 널려 있었다.

1980년대에 CD가 개발되지만, 음반사들은 상당 기간 LP와 CD를 병 행해서 발매한다. 그러다 1980년대 후반부터는 점차 LP가 자취를 감추고 1990년대 들어서는 디제이를 위한 특별한 LP만 명맥을 유지하다 결국 이것도 사라진다. 그런데 한국은 전 세계에서 손에 꼽힐 정도로 늦게까지 LP를 제작한 국가다. 1990년대 중반에도 제작하는데 당시 나온 해외 앨범의 국내 라이선스 LP는 희귀 반 대접을 받고 있다. 1999~2000년에 전 세계적으로 히트를 기록하며 그래미까지 석권하는 산타나의 앨범 〈Supernatural〉[4]은 몇 나라에서만 LP로 제작했다. 산타나 앨범에 보컬로 참여한 롭 토마스Rob Thomas가 부른 'Smooth'는 빌보드 싱글 차트에 12주 연속 1위에 오른다. 그런데 발매 당시 외에는 LP 발매가 안 되어 1999년 앨범임에도 꽤 비싼 가격에 거래되는 희귀 반이 되었다. 다행히 2019년에 미국과 유럽에서 재발매가 되었다. 이렇게 1990년대 LP가 고가에 거래되는 현상은 국내 앨범도 마찬가지다. 상태에 따라 다르지만 100만 원에 육박하는 김광석의 LP가 대표적이고 사진의 앨범인 김건모 3집과 같은 해 나온 룰라 2집도 LP는 좀처럼 찾아보기 힘들다.

이제 찾아볼 시간이다. 1950~60년대 오래된 가요 앨범은 이미 없어졌을 테니 2~3장씩 가지고 있을지 모를 1990년대 가요 LP를 찾아보자. 앞서 얘기한 김건모 2~3집, 룰라 1~2집, 박진영 1집, 봄여름가을겨울 5집 등 1995년 전후에 나온 LP들이 창고나 방구석에 먼지를 먹고 있는지!

더러운 먼지를 먹고 있을 물건이 아니다. 찾아내 닦고 기름칠해야 할 소중한 앨범이자 골동품이고 우리 음악사의 귀중한 자료들이다. 고향에 계시는 부모님 댁 다락이나 더 나아가 고모, 이모, 외삼촌에 당숙 어른까지 이 기회에 한번 인사를 드려보는 것은 어떨까. 혹시 누가 아는가. 찾다가 신중현의 1960년대 LP나 김광석 LP가 나올지.

1) 전 세계에서 가장 많이 판매된 앨범

1. 〈Thriller〉, Michael Jackson 1982 (6600만 장)
2. 〈Their Greatest Hits (1971~1975)〉, Eagles 1976 (5100만 장)
3. 〈Back In Black〉, AC/DC 1980 (5000만 장)
4. 〈The Dark Side Of The Moon〉, Pink Floyd 1973 (4500만 장)
5. 〈The Bodyguard O.S.T.〉, Whitney Houston 1992 (4500만 장)

2) 하우스 뮤직House Music

1980년대 이후 등장한 빠른 템포의 일렉트로닉 댄스 음악의 한 종류. 대중음악으로 폭넓게 사랑받은 1970년대 디스코와 달리, 클럽을 중심으로 유행한다. 1990년대 이후 EDM(Electronic Dance Music)으로 이어진다.

3) 김창환(1963~)

1990년대 한국 대중음악을 대표하는 히트곡 제조기이자 음악 프로듀서. 작사, 작곡은 물론 음반의 전체적인 기획까지 아우르는 뛰어난 감각으로 신승훈, 김건모, 박미경, 클론, 노이즈 등을 데뷔시켰다.

4) 〈Supernatural〉

기타리스트 카를로스 산타나Carlos Santana(1947~)가 발표한 17집으로 1999~2000년, 2년 동안 전 세계적으로 큰 사랑을 받는다. 'Smooth' 'Maria Maria' 'Put Your Lights On' 'Love Of My Life' 등 수록곡 대부분이 히트해 제42회 그래미 시상식에서 9개 부문을 수상한다. 지금까지 3000만 장이 팔렸다.

발매된 지 20년이 넘은 1990년대 대중가요 LP들.
강산에 〈Vol. 0〉(1992), 김건모 〈3집〉(1995),
넥스트 〈The Return Of N.EX.T Part 1 : The Being〉(1994),
투투 〈일과 이분의 일〉(1994), 룰라 〈날개 잃은 천사〉(1995),
듀스 〈Deux〉(1993), 잼 〈Zam〉(1992). 실크스크린 기법을 이용한
룰라의 2집 〈날개 잃은 천사〉 디자인은 대중가요 커버
베스트 3위 안에 든다.

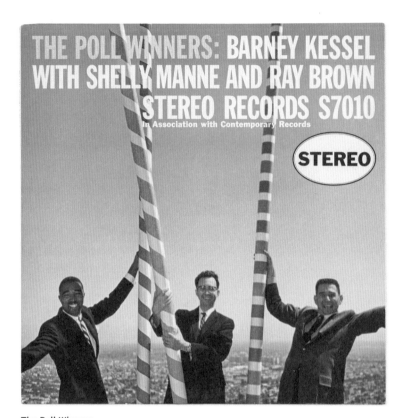

The Poll Winners
Contemporary ◆ 1957년 ◆ 미국 초반(Stereo, 1958년) ◆ S7010

Side A
1. Jordu
2. Satin Doll
3. It Could Happen To You
4. Mean To Me

Side B
1. Don't Worry 'Bout Me
2. Green Dolphin Street
3. You Go To My Head
4. Minor Mood
5. Nagasaki

엄마, 나 봉 잡았어

미국의 대표적인 재즈 잡지 《다운비트》[1]는 해마다 '리더스 폴Readers Poll'을 진행한다. 리더스 폴은 잡지 독자와 재즈 팬이 직접 투표에 참여해 좋아하는 연주자를 선정하는 것으로 악기별로 선정해 순위를 발표한다. 평론가들이 선정하는 '크리틱스 폴Critics Poll'과는 다른 결과를 보여주지만 여기에 선정된 연주자들이 잡지 표지를 장식하며 이를 기념하기 위해서 공연하는 것은 재즈계의 큰 축제이다.

리더스 폴의 첫 시작은 1936년으로 미국의 남성 잡지 《에스콰이어》, 음악 잡지 《메트로놈》, 심지어 성인 잡지 《플레이보이》도 독자와 평론가의 투표 결과를 발표한다. 국내에선 2006년 창간한 월간《재즈피플》[2]이 창간 1주년을 기념해 2007년에 LIG 문화재단과 함께 리더스 폴을 선정했다. 애독자 엽서뿐 아니라 네이버 뮤직을 통해서도 투표를 진행해 악기별로 연주자 1명씩 선정한 후 '리더스 폴' 공연까지 가졌다. 2015년을 끝으로 현재는 '라이징 스타Rising Star'만 선정하고 있다.

재즈 마니아들은 리더스 폴 결과를 보면서 한 해를 돌아보고 최신 트렌드를 익힌다. 다만 재즈의 특성상 현재보다 과거의 모던 재즈에 관심이 많아 최근에 발표되는 리더스 폴 결과에 관심이 덜하나. 시난 해 리더스 폴 피아니스트 부문 1위보다 1959년도 1위 피아니스트를 더 궁금해한다.

모던 재즈가 뜨겁던 1950~60년대에는 선정 결과를 반영한 공연과 앨범 제작이 빈번하게 이루어져 올스타 콘셉트의 프로젝트 팀 더 폴 위너스 The Poll Winners가 결성된다. 1957년에 나온 더 폴 위너스 1집〈The Poll Winners〉의 주인공들은 기타에 바니 케셀Barney Kessel(1923~2004), 베이스에 레이 브라운Ray Brown(1926~2002) 그리고 드럼에 셸리 맨Shelly Manne(1920~1984)이다. 바니 케셀과 셸리 맨은 1955년 영국 음악 잡지《멜로디 메이커》리더스 폴에서 기타와 드럼 부문 정상에 오르고, 레이 브라운은《다운비트》리더스 폴에서 베이스 부문 1위를 차지한다. 1956년에는《메트로놈》리더스 폴에서 레이 브라운, 셸리 맨이 1위에 오르고, 독일 재즈 잡지《재즈 에코》에서는 바니 케셀, 레이 브라운, 그리고 셸리 맨 모두 1위에 오르는 영광을 누린다.

이런 결과를 반영해 웨스트 코스트 재즈[3]의 본산지인 LA에 있는 컨템퍼러리 레코드에서〈The Poll Winners〉를 녹음한다. 컨템퍼러리 레코드는 라이트하우스 카페[4] 잼 세션을 이끈 셸리 맨을 중심으로 1951년부터 본격적인 녹음을 한 음반사다. 설립자 레스터 쾨닉Lester Koenig은 드러머 셸리 맨과 지휘를 전공한 클래식 학도 앙드레 프레빈Andre Previn(피아노), 르로이 비네거Leroy Vinnegar(베이스)로 피아노 트리오를 결성해 〈My Fair Lady〉〈West Side Story〉를 히트작 반열에 올려놓는다. 특히 1950년대 후반에 녹음된 컨템퍼러리 레코드 앨범들은 악기의 질감이 살아 있어 오디오 마니아의 표적이 되고 있다. 경쟁사인 캐피톨 레이블[5]에서 스카우트해 온 레코딩 엔지니어 로이 두난Roy DuNann의 선명하고 여백을 살린 레코딩 기술의 공이 크다.

'더 폴 위너스'는 컨템퍼러리 레코드를 대표하는 프로젝트로 앞서 말한 대로 여러 매체에서 선정한 리더스 폴 1위 연주자인 바니 케셀, 레이 브라운, 셸리 맨으로 결성된 기타 트리오다. 1집 〈The Poll Winners〉를 시작으로 1975년까지 동일한 멤버로 총 5장이 발매된다. 1집에는 듀크 조던Duke Jordan의 'Jordu'를 시작으로 재즈 스탠더드가 연주되는데 앨범 전체를 수놓는 셸리 맨의 브러시 연주(붓처럼 생긴 스틱으로 북의 가죽을 문질러 연주하는 주법)는 가히 재즈 레코딩 중 최고다. 컨템퍼러리 레코드는 1956년에 최초로 스테레오 녹음을 한 재즈 레이블이기도 하다. 〈The Poll Winners〉는 빨강, 주황, 녹색 봉을 잡고 있는 커버 또한 재밌다. LA 전경이 내려다보이는 곳에서 1등 한 후 해맑은 미소로 포즈를 취한 승자의 여유가 60년이 지난 지금도 전해진다. 앨범의 성공으로 1957년《다운비트》, 1958년《메트로놈》《플레이보이》리더스 폴에서 3명 모두 1위에 오른다. 그 결과 이듬해인 1958년에 2집 〈Ride Again!〉이 나오는데 행복한 미소로 회전목마 봉을 잡고 있는 모습이 1집 커버를 연상시켜 웃음이 난다.

1) 《다운비트Down Beat》

1934년에 창간한 미국의 재즈 잡지로 'Jazz, Blues And Beyond'라는 슬로건 하에 인터뷰, 기획 기사, 앨범 리뷰 등을 다양하게 선보인다. 《다운비트》는 1952년부터 '리더스 폴'을 선정하고 '크리틱스 폴'은 1961년부터 선정하고 있다.

2) 《재즈피플Jazz People》

2006년에 창간한 월간 재즈 전문지로 국내외 재즈 뮤지션 인터뷰, 앨범 리뷰, 기획 기사 등 다채로운 글과 사진으로 재즈를 소개하고 있다.

3) 웨스트 코스트 재즈West Coast Jazz

1950년대 미국 서해안의 젊은 백인 재즈 연주자들을 중심으로 유행한 재즈 스타일. 편안하고 감미로운 연주를 구사하고 클래식 요소를 받아들여 편곡에 비중을 높였다. '쿨 재즈'와 혼용해서 사용한다.

4) 라이트하우스 카페Lighthouse Café

영화 《라라랜드》의 배경이 된 LA 허모사 해변에 있는 재즈 라이브 클럽. 재즈 베이시스트 하워드 럼지Howard Rumsey(1917~2015)가 운영한 곳으로 음악 감독을 맡은 드러머 셸리 맨을 중심으로 웨스트 코스트 재즈의 메카가 된다.

5) 레이블Label

상표를 말하는 단어이지만 재즈에서는 음반 회사를 가리킨다. 재즈 앨범은 연주자와 함께 음반사도 매우 중요해 재킷에 인쇄된 음반사 로고는 상표 이상의 가치를 지닌다.

리더스 폴 1위에 오른 레이 브라운(베이스), 바니 케셀(기타), 셸리 맨(드럼)이 모여 연주한 더 폴 워너스 1집 〈The Poll Winners〉와 아래는 회전목마를 타고 있는 2집 〈Ride Again!〉. 세 명의 연주자 얼굴에 미소가 떠나지 않아 보고만 있어도 기분 좋은 앨범이다.

STEREO

THE POLL WINNERS RIDE AGAIN!
ARNEY KESSEL WITH SHELLY MANNE
RAY BROWN CONTEMPORARY S 7556

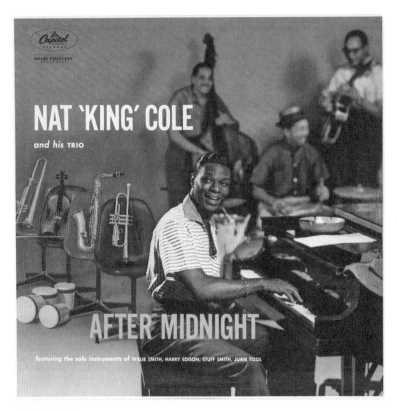

Nat 'King' Cole

Capitol Records ◆ 1956년 ◆ 일본 재반(Mono, 1991년), SGD-88

Side A

1. Just You, Just Me
2. Sweet Lorraine
3. Sometimes I'm Happy
4. Caravan
5. It's Only A Paper Moon
6. You're Looking At Me

Side B

1. Lonely One
2. Don't Let It Go To Your Head
3. I Know That You Know
4. Blame It On My Youth
5. When I Grow Too Old To Dream
6. (Get Your Kicks On) Route 66

왕 중의 왕, 아리랑을 부르다

새해가 되면 다들 결심을 한다. 운동하기, 술 줄이기, 담배 끊기, 책 읽기, 아이들과 자주 놀기, 부모님에게 자주 연락하기 등등 매년 하는 계획이지만 1년이 지나고 그 다음 새해에 또 하는 계획들이기도 하다. 앨범 사서 듣기 같은 계획은 보이지 않아 아쉽지만, 새해가 되면 일 년 동안 지킬 일들을 한 번씩 정해 본다. 그중 담배 끊기는 정말 쉽지 않다. 어르신들이 담배 끊은 놈은 '지독한 놈'이라고 할 정도로 어려운 일이다.

나도 예전에는 담배를 피웠었다. 많이 피지 않아 조금씩 줄이다 결혼하면서 끊은 것 같다. 그런데 시작이 좀 빨랐다. 우리 집이 큰집이어서 할머니와 같이 살았다. 할머니는 대단한 애연가로 손에서 담배가 떠나지 않았다. 할머니 방에는 담배 쟁반이 있어 누런색 청자 담배, 유엔 팔각 성냥 통, 그리고 가래받이 통이 있었다. 막내인 나는 어릴 때 할머니 방에 자주 가 있었고 자연스럽게 할머니 담뱃불은 내 담당이었다. 아깝다며 라이터를 쓰지 않고 꼭 성냥을 사용하셨는데 나이 드셔서는 성냥 켤 힘도 없으셔서 내가 붙여 드리곤 했다.

정확한 날이야 기억나지 않지만 담배와의 첫 만남은 중학교 때로 할머니가 안 게신 방에서 호기심에 불을 붙인 깃이있다. 눈물에 기침에 난리가 났고 그렇게 몇 번 몰래 피웠다. 그 후 모범생(?)답게 학교에서는 피우지 않고 고등학교 2학년 때 즈음 화실 옥상에서 조금씩 피우기 시작했다. 담배를 많이 핀 시기는 군복무 기간이었다. 지금은 병사들에게 담배를 지급하지 않지만 예전에는 모든 병사에게 담배가 지급되었고 훈련 중에 '담배 일발 장전!'을 복창한 후 다들 담배 한 대씩 입에 물고 쉬게 했다. 간식거리도 없고 허전한 군 생활을 담배로 이겨냈다고 할 정도로 안 피는 사람도 군대 들어와 뭐 좋은 거라고, 다들 배웠다. 지금은 곳곳이 금연 구역이고 담배 피는 것이 자신뿐 아니라 가족과 타인의 건강까지 해치는 것으로 알지만 예전에는 그렇지 않았다. 버스 안에서도 담배를 피웠고 모든 실내에서 거의 담배를 피웠다.

음악가들도 담배를 많이 피우는 편이다. 술과 약물 등 워낙 강도 높은 것들이 많아 담배는 애교지만 몇몇 음악가는 몸에 해로울 정도로 담배를 자주 피웠다. 가수 겸 영화배우로 유명한 프랭크 시나트라Frank Sinatra(1915~1998)는 낙타가 그려진 '카멜' 담배와 '지포' 라이터가 그의 상징일 정도로 담배를 즐겼다. 그리고 동시대 활동한 냇 킹 콜Nat 'King'

Cole(1919~1965)도 대표적인 헤비 스모커다.

'킹King'이란 칭호를 아무에게나 헌사할 수 없지만, 대중음악사에는 몇 명의 '킹'이 있다. 장르별 기틀을 마련하고 대중에게 큰 사랑을 받은 아티스트들에게 붙게 되는데 블루스에 비비 킹B. B. King, 앨버트 킹Albert King, 프레디 킹Freddie King이 있고, 포크(팝)에는 캐롤 킹Carole King, 그리고 재즈에는 조 '킹' 올리버Joe 'King' Oliver와 냇 '킹' 콜이 있다. 너새니엘 애덤스 콜스Nathaniel Adams Coles라는 긴 본명을 줄여 활동 초기에는 '냇 콜스'를 사용하다 킹이 더해져 냇 킹 콜이 된다.

그의 감미로운 보컬과 차분한 피아노 연주는 인종과 종교를 넘어 전 세계 음악 팬들의 왕으로 부족함이 없다. 냇 킹 콜의 아버지는 침례교 목사였고 어머니는 교회 오르간 연주자로 부모의 감성을 자연스럽게 배웠고, 10대 초반에 클래식 피아노 교육을 받고 12살 때부터 오르간을 연주하며 교회에서 노래를 부른다. 당시는 비밥이 나오기 전으로 여유롭고 흥겨운 초기 재즈 스타일인 스윙 재즈가 대중들에게 사랑을 받을 때이다. 그는 교회 음악과 스윙 재즈를 익히며 학창 시절을 보내게 된다.

고등학교에 진학해서는 음악반 수업을 받으며 '로열 듀크스Royal Dukes'를 결성하여 활동하고, 15살 때에는 학교를 중퇴하고 친형이자 베이시스트인 에디 콜스Eddie Coles와 함께 본격적인 음악 활동을 시작한다. 1938년에 기타리스트 오스카 무어Oscar Moore, 베이시스트 웨슬리 프린스Wesley Prince와 함께 역사적인 '냇 킹 콜 트리오'를 결성해 '왕의 시대'를 연다. 재즈의 기본 편성인 '피아노-베이스-드럼'에서 드럼을 빼고 기타를 넣은 트리오는 이후 재즈 역사에 '냇 킹 콜 스타일'을 특징짓게 하는 중요한 편성이 된다. 드럼이 빠진 연주는 다이내믹한 연주보다 아기자기한 인터플레이(서로 교감하며 조화롭게 연주해 나가는 재즈 즉흥 연주 스타일)를 중요시하게 되는데 이는 당시 스윙의 뜨거운 열기보다 실내악적인 분위기를 연출하는 방법으로 딱 들어맞는 편성이 된다.

할리우드의 재력가인 밥 루이스는 자신이 경영하는 클럽 '스와니 인'에 냇 킹 콜을 스카우트하게 되는데 이때 다른 가수 두 명을 함께 묶어 '냇 콜 스윙스터스'를 결성해 무대에 세워 큰 인기를 얻는다. 'Sweet Lorraine' 'Hit That Jive Jack' 'Honeysuckle Rose'가 히트를 기록하며 냇 킹 콜은 피아노 연주와 노래를 완벽하게 구사하기 시작한다. 지금도 피아노를 연주하며 노래하는 아티스트들 모두 냇 킹 콜의 영향 하에 있다고 할 정도로 그 영향력이 크다.

그의 인기로 음반사의 유치 경쟁도 과열되는데 1943년 데카 레코드를 떠나 캐피톨 레코드로 이적하며 이름을 '킹 콜 트리오'로 바꿔 계약하고 1944년에 레이블 데뷔작 〈The King Cole Trio〉를 발표한다. 1945년 빌보드가 시행한 최초의 앨범 차트(1945년 3월)에서 첫 번째 1위 앨범이 된다. 1946년 3주간 킹 콜 트리오는 라디오 쇼에 나오는 첫 흑인 음악 그룹 중 하나가 되고 그해 그가 부른 캐럴 'The Christmas Song'은 지금도 12월만 되면 각종 방송에서 들을 수 있는 캐럴의 대표곡이 된다.

킹 콜 트리오는 《다운비트》와 《메트로놈》 등 음악지 투표에서 최고의 소편성 캄보(재즈를 연주하는 소규모 악단)의 명예를 수년간 이어간다. 왕의 자리를 지키고 내놓는 곡마다 1위에 올려놓으며 그 어떤 흑인 음악인도 가지 못한 길을 걸어간다. 냇 킹 콜 하면 제일 먼저 떠오르는 곡인 'Mona Lisa'를 1950년에 다시 차트 1위에 올리며 그 누구도 이견을 달 수 없는 완벽한 보컬리스트가 된다. 인기와 더불어 두 가지 경사가 겹치는데 'Mona Lisa'로 아카데미 최우수 주제가상을 받고, 재혼한 마리아 호킨스 엘링턴과의 사이에서 딸(나탈리 콜)을 얻는다.

1951년, 팀 이름에서 '트리오'를 빼고 '냇 킹 콜'로 사용하기 시작하고 1956년 11월 6일 NBC에서 흑인으로는 최초로 자신의 버라이어티 쇼인 '냇 킹 콜 쇼'를 진행한다. 그리고 역사적인 한국 공연이 1963년 3월에 성사된다. 당시 해외 음악인의 내한 공연이 극도로 제한적이던 시절이었지만 서울 시민회관에서 자신의 히트곡과 함께 '아리랑'을 불러 관객의 큰 박수를 받는다. 실은 그 이전에 전설적인 재즈 베이시스트 오스카 페티포드Oscar Pettiford가 '아리랑'을 미국에서 녹음했다. 한국전 위문 공연차 인천에 왔다가 통역병이 휘파람으로 부는 '아리랑'의 선율을 기억해 미국으로 돌아가 '아디동 블루스Ah-Dee-Dong Blues'란 곡을 발표했다.

왕성한 활동을 보이던 냇 킹 콜에게 1964년 가을부터 건강 이상 징후가 보이기 시작한다. 앞서 말한 대로 그는 대단한 애연가로 하루에 4갑 이상을 피웠다고 한다. 인터넷에서 냇 킹 콜을 검색하면 거의 모든 사진에 담배를 물고 있을 정도다. 안타깝지만 담배를 끊으면 자신의 목소리가 변할지도 모른다는 생각을 가지고 있었다고 한다. 급작스럽게 건강이 안 좋아지는 상황에서도 마지막 앨범이 되는 〈L-O-V-E〉를 녹음하는데 앨범은 빌보드 '톱 10'에 진입하고 'L-O-V-E'는 8주간 1위에 오르는 대성공을 거둔다.

그렇지만 폐암 판정을 받은 상황이라 활동은 급속도로 위축되고 급기야 1965년 1월 25일 캘리포니아의 세인트존스 병원에서 폐를 들어내는 대수술을 한다. 하지만 결국 입원한 지 70일 만인 2월 15일, 45살이라는 이른 나이에 세상을 떠나고 만다.

〈After Midnight〉은 TV쇼를 할 때인 1956년에 발표된 앨범으로 재즈적인 색채가 제법 강한 앨범이다. 재킷을 보면 알 수 있는데 피아노, 베이스, 드럼, 기타가 주를 이루면서 트롬본, 바이올린, 색소폰, 트럼펫, 그리고 라틴 타악기가 더해지는 연주이다. 다양한 악기가 여유롭고 풍성한 사운드를 연출한다. 특히 소설가이자 재즈 마니아로 알려진 무라카미 하루키는 이 앨범에 수록된 'Sometimes I'm Happy'의 바이올린 연주자 스터프 스미스Stuff Smith를 극찬하며 이 곡을 들으면 '다시 사랑하고 싶은 마음이 슬며시 생긴다'고 얘기했다.

오늘 집에 들어가면 냇 킹 콜의 〈After Midnight〉을 찾아 턴테이블에 걸고 돋보기를 찾아 앞면 3번째 곡인 'Sometimes I'm Happy'에 바늘을 잘 올려 봐야겠다.

피아노 대신 B3 하몬드 오르간을 연주하는 냇 킹 콜의 사진.
담배 피는 사진이 멋있으면 안 되지만 체크 무늬 페도라와
오른손 금팔찌가 더해진 모습은 정말 기막히다.
사진은 EMI가 유니버설 뮤직으로 인수 합병되기 전인
2000년대 초반 EMI뮤직 코리아에서 받은 것으로 본사에서
홍보 차원으로 각국에 보내준 사진 중 하나. 사진 작품일 경우
프린트된 숫자를 적는데 냇 킹 콜의 이 사진에는 255/640이라고
쓰여 있다.

김정호
아세아레코드 ◆ 1983년
◆ ALS-1191

Side A	Side B
1. 고독한 여자의 미소는 슬퍼	1. 그사람 무정한 사람
2. 님	2. 마음으로 느낄수 있게
3. 지난 겨울엔	3. 보고 싶은 마음
4. 세월 그것은 바람	4. 한 세상에 태어나
5. 아무도 없는거리	5. 손모아 마음모아 (건전가요)

배호
지구레코드 ◆ 1972년
◆ 재반(1980년), JLS-120532

Side A	Side B
1. 돌아가는 삼각지	1. 마지막 잎새
2. 울고싶어	2. 안개낀 장충단 공원
3. 비내리는 경부선	3. 비내리는 명동
4. 안녕	4. 두메산골
5. 조용한 이별	5. 누가울어 (경음악)
6. 당신 (경음악)	6. 막차로 떠난여자

장충단 공원을 맴도는 하얀 나비

음식은 다소 편식을 하지만 음악은 골고루 장르 불문하고 듣는 편이다. 팝과 가요로 숙달하고 재즈와 클래식으로 깊이를 더해 처음 듣게 되는 월드 뮤직도 큰 거부감 없이 듣는다. 그런데 트로트[1]에는 손이 잘 가지 않는다. 김정구, 이미자, 문주란, 나훈아 등이 부른 노래는 장르의 진정성이 담겨 있고 한국 대중음악의 사료적 가치도 있어 듣지만 과도한 발성과 공감되지 않는 노랫말로 된 최근 트로트는 듣기가 쉽지 않다.

예외로 둔다면 1970년대 대중가요를 휘어잡은 '트로트 고고' 정도로, 록과 트로트가 합쳐진 트로트 고고 스타일의 주역들인 최헌, 조경수, 최병걸 등은 지금도 즐겨 듣는다. 이렇게 트로트 고고는 듣지만 트로트와 는 가까워지지 못하다 김정호와 배호를 만나고 나서야 비로소 눈을 뜨게 되었다. 사석에서 간혹 밝히지만 한국 대중음악사에서 노래 잘하는 가수 로 김정호와 송창식을 꼽고, 동시대에 음악을 듣지 못하고 나중에 알게 된 배호를 더해 '3대 천왕'이라고 말한다.

LP를 다시 모으면서 가장 먼저 산 가수가 김정호(1952~1985)다. 그가 빌표한 편집 앨범 시리즈 〈Vol. 1~4〉 4장은 언제 들어도 감동 그 자체이 다. 그런데 김정호를 트로트 가수라고 할 수 있을까? 포크 듀오 4월과 5 월에 있었고 '이름 모를 소녀' '하얀 나비'에서 느껴지는 잔잔한 감성으로 볼 때 포크 가수라고 봐야 한다. 하지만 동시대 함께 활동한 포크 가수 들과는 다른 그만의 한과 설움이 목소리에 실려 있다. 그래서 김정호의 노래는 트로트 선배들이 부른 것보다 감정선을 더 흔들어 놓는다. 김정호 가 그런 감성을 가질 수 있었던 것은 명창 박숙자와 서편제 판소리의 거 장 박동실이 어머니와 외할아버지였기 때문이다.

당연히 어린 시절에 국악을 접하고 재능을 보였는데 집안의 반대로 갈 등하다 포크 듀오 어니언스의 임창제를 만나 곡을 주면서 천재 작곡가로 이름을 알리게 된다. 그때 어니언스가 부른 김정호의 곡은 '사랑의 진실' '작은 새'로 어니언스를 스타덤에 올려놓는다. 나중에 이 곡들을 본인이 다시 부르는데 '작은 새'는 김정호의 드라마틱한 노래로 꼭 들어야 한다.

작곡가로 이름을 먼저 알린 그는 1974년에 '이름 모를 소녀'로 데뷔하 지만 1975년에 대마초 흡연 혐의로 브라운관에서 모습을 감춘다. 1980 년대로 접어들어 다시 활동하지만 TV에서 자주 볼 수는 없었다. 그러다

1981년 4집을 발표하면서 '세월 그것은 바람'이 대중들에게 사랑을 받게 되는데 그때의 김정호 모습은 핼쑥하고 어두웠다. 성당 형들이 통기타 치며 부르던 '이름 모를 소녀' '하얀 나비'의 그 김정호인 줄 모를 정도로, 음색도 다르고 병색도 짙었다. 폐결핵을 앓고 있어 무리하면 건강에 심각한 지장이 가는 상황이었지만 김정호는 음악에 대한 열정으로 앨범 작업에 들어가 결국 건강이 악화되고 만다.

그렇게 건강을 해치며 나온 앨범이 1983년 작 〈Life〉다. 의미심장한 앨범 타이틀로 수록곡 '고독한 여자의 미소는 슬퍼'는 그의 노래 중 가장 사랑받는 곡이 된다. 하지만 결국 폐결핵이 심해져 1985년에 세상을 떠난다. '간다 간다 정든 님이 떠나간다'라고 절규하면서 부르는 '님'은 김정호가 자신의 생이 얼마 남지 않았음을 알고 부른 마지막 사자후였다. 그렇게 33살의 나이로 속절도 없이 하얀 나비가 되어 우리 곁을 떠나고 만다. 정서적인 접근으로 트로트를 듣고 싶다면 그의 최고 경지를 보여주는 유작 앨범 〈Life〉다.

김정호보다 먼저 활동한 배호(1942~1971)는 생전 모습을 보지 못한 가수여서 나와는 거리가 먼 가수다. 1963년에 데뷔해 1971년에 사망했으니 영상 자료와 앨범을 통해서만 접했다. 팝과 록에 빠져 있을 때 배호의 노래는 들리지 않았지만, 어르신들의 배호 사랑은 신격화되었다고 느껴질 정도로 대단했다. 미국 어르신들이 보여주는 엘비스 프레슬리 사랑 못지않음을 알았다. 배호의 노래에는 기품이 있다. 가슴 저미는 저음은 그 누구도 흉내낼 수 없는데 그래서 노래만 들으면 고령의 원로 가수가 떠오른다. 단정한 가르마 머리에 검은색 뿔테 안경을 쓰고 중절모까지 더해져 사진만 본다면 50대 이상으로 보인다. 하지만 29살에 사망한 배호의 사진은 모두 20대일 수밖에 없다.

배호는 광복군 대위였던 아버지 때문에 중국에서 태어나고 해방 후 조국에서 어려운 삶을 산다. 음악가 집안이었던 외가 영향으로 미8군에서 드러머로 음악인의 길을 걸으며 가수로 데뷔한다. 그런데 활동 초기 3년을 제외하고는 신장염으로 투병하며 힘들게 가수 생활을 한다. 현대 의학이라면 충분히 호전되었겠지만 병상 중에 녹음을 강행해 몸을 돌보지 않아 병이 악화되고 만다. 그러다가도 건강이 조금만 나아지면 녹음에 집중해 곡을 남겼다.

그때 녹음된 곡들을 모아 놓은 앨범이 〈배호 스테레오 일대작 제3집〉이다. '스테레오 일대작'은 당시 지구레코드에서 가수별로 내놓던 히트곡 모음집 시리즈로 배호는 스테레오 일대작을 4집까지 발표한다. 〈배호 스테레오 일대작 제3집〉에는 '돌아가는 삼각지' '안개낀 장충단 공원' 등 히트곡이 대거 실려 있고 재발매도 여러 번 되어 어렵지 않게 만날 수 있다.

트로트야말로 꼭 LP로 들어야 하는 음악이다. 졸음을 달래기 위해 고속도로 휴게소에서 사서 듣고 마는 것이 아니라 LP를 턴테이블에 올리고 제대로 된 오디오 시스템에서 들어야 한다. 제대로 녹음된 트로트 앨범은 관현악 편곡이 잘 되어 있고 스테레오 분리도 무척 선명해 악기와 보컬이 모두 살아 있다. 사무실에 온 지인에게 무슨 음악을 듣고 싶냐고 물어보면 다들 알아서 틀어달라고 한다. 그때 트로트 앨범을 틀어주면 다들 사운드에 한 번 놀라고 노래에 두 번 놀란다.

그러고 보니 김정호와 배호 모두 젊은 나이에 요절한 가수다. 음악가 집안에서 태어난 공통점이 있고 천재적인 능력을 다 펼쳐보지 못하고 떠난 것도 어쩜 그리 똑같은지 가슴이 아프다. 오늘은 아무도 없는 사무실에서 두 형님 음악을 틀어놓고 소주 일잔 해야겠다.

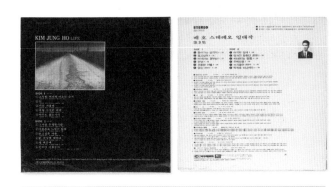

1) 트로트Trot
2박자로 빠르게 연주되는 리듬 용어인 '폭스 트로트Fox-Trot'에서 시작된 말로 일본 강점기 때 일본을 통해 유입된 후 우리 정서에 맞게 발전한 장르. 단조 선율에 꺾는 창법 등이 특징으로 1960년대 '뽕짝'으로 불리다가 '트롯' '트로트' '전통가요'로 명칭이 변화하고 있다.

The Police

A&M Records ◆ 1983년 ◆ 성음(1983년), SEL-RG 657

Side A
1. Synchronicity I
2. Walking In Your
   Footsteps
3. O My God
4. Mother
5. Miss Gradenko
6. Synchronicity II

Side B
1. Every Breath You Take
2. King Of Pain
3. Wrapped Around Your
   Finger
4. Tea In The Sahara

내가 산 첫 앨범은

음악을 좋아하다 보니 앨범을 모으게 되고 재즈 잡지를 만들다 보니 자연스럽게 그 수가 많아졌다. 정확한 수는 알 수 없지만 대략 CD는 만 장이 넘고 LP는 4천 장 정도 된다. 복고 유행으로 카세트테이프가 '레트로' 마니아들에게 어필하고 있지만 테이프는 몇 번의 이사를 거치면서 10여 년 전에 모두 재활용장에 버렸다. 좋아하는 팝과 가요 테이프는 CD나 LP로 다시 구매할 수 있으니 괜찮은데 아까운 건 당시 라디오 방송을 녹음한 테이프들이다.

하루 종일 라디오 앞에서 좋아하는 곡이 나오기만을 기다려 테이프에 녹음한 다음 더블 카세트 데크[1]로 편집해서 나만의 테이프를 만들었다. 나중에는 디제이와 게스트의 이야기를 교재 삼아 듣고 싶어 방송을 통째로 녹음해 하루에 테이프가 1~2개씩 늘어났다. 지금까지 재즈 잡지를 꾸려나가는 것도 학창 시절 카세트테이프에 녹음하던 열정으로 버티고 있지 않나 생각한다.

이런 과정을 거쳐서인지 집과 사무실에 있는 앨범들을 물끄러미 바라보면 온갖 생각이 든다. 돈으로 보였다가 언제는 버려야 하는 짐으로 보이고 또 언제는 짠한 추억거리가 된다. 요즘 앨범을 자세히 볼 때는 강의 준비로 자료를 찾을 때다. 있어야 할 곳에 없으면 온종일 찾게 되고 결국 못 찾아 구매하면 꼭 나중에 어디선가 나온다. 이렇게 앨범과 지내다 보면 1년에 한두 번 정도 나에게 물어보는 질문이 있다.

"처음 산 앨범이 뭐지?"

내심 생각하고 있는 앨범이 있지만, 그때의 영수증이 있거나 메모를 해둔 게 아니어서 정확하지 않다. 그래서 이번 참에 처음 산 앨범을 정해볼까 한다.

아버지가 사주시거나 친구에게 선물로 받은 앨범은 제외하고 용돈을 모아 내 돈으로 앨범을 구매하기 시작한 게 1983년 중학교 2학년 때부터다. 30년이 훌쩍 지났지만 통기타를 연주하고 록 음악을 듣기 시작한 중2 때가 확실하다. 그때 접한 팝송이 지금의 나를 만들었다고 해도 과언이 아니다.

1983년 즈음에 나온 팝 앨범이면서 국내 라이선스 LP로 가지고 있는 후보 5장을 추려본다면 영국 뉴 웨이브[2]의 강자 듀란 듀란Duran Duran의 〈Seven And The Ragged Tiger〉(1983), 라이벌 그룹인 컬처 클럽Culture

Club의 〈Colour By Numbers〉(1983), 그리고 한 해 전에 나온 마이클 잭슨의 〈Thriller〉(1982)와 토토Toto의 〈Toto IV〉(1982)가 있다. 나머지 하나는 폴리스The Police의 〈Synchronicity〉(1983)로 이렇게 5장이 내가 처음 산 앨범의 후보들이다. 적어놓고 보니 한 장 한 장 모두 소중하고 장르와 시대를 대표하는 앨범들이다. 지금도 이때 음악을 들으면 강동구 둔촌 아파트에 살던 기억과 미도파 상가에 있던 음반 가게가 떠오른다.

5장 모두 잠실에 있던 학교와 집 근처 음반 가게에서 샀는데, 당시는 지금처럼 대형 음반매장이 있었던 게 아니고 골목마다 작은 음반 가게가 많았다. 당연히 온라인 음반매장은 없을 때여서 기다리는 앨범이 나올 때면 매일같이 하굣길에 직접 가는 수밖에 없었다. 그런 동네 음반 가게에서는 앨범만 팔지 않고 화장품, 옷, 액세서리, 향수, 악보 등을 같이 팔았다. 그리고 듣고 싶은 곡을 적어주면 공 테이프에 녹음해서 1500~2000원에 팔기도 했다. 지금 보면 저작권을 심각하게 위반하는 상행위지만 당시는 아무 문제가 없었다.

음반 가게에는 음악을 알고 곡도 잘 골라주는 누나가 있었다. 형이나 아저씨가 있는 곳도 있었지만 대부분 긴 머리의 예쁜 누나들이 가게에 있었다. 형과 아저씨들이 있는 곳은 두 가지 스타일이었다. 손님이 들어와도 본 체 만 체하는 심각한 '묻지마 스타일'과 들어와서 나갈 때까지 팝 지식을 쏟아내는 '백과사전 스타일'이다. 형들의 이야기가 도움이 되었지만 당연히 누나가 있는 매장에 자주 갔다. 버스에서 내려 집에 가려면 꼭 거쳐 가는 길목에 예쁜 누나가 지키고 있는 음반 가게를 습관처럼 지나쳐갔다. 지금 있는 LP 중 몇 장은 누나가 불러서 그냥 들어갔다가 산 것도 있다. 그러고 보면 누나들도 지금 환갑 즈음 되었을 텐데…… 건강하시기를.

다시 생각을 가다듬어 보자. 멤버 모두 잘생겨 요즘 말로 '사기캐' 인 듀란 듀란의 〈Seven And The Ragged Tiger〉는 공식 발매가 1983 년 11월이라 아마도 중2 겨울 방학 때 산 듯하다. 수록곡 'The Reflex' 와 'Union Of The Snake'는 뉴 웨이브의 정점을 보여주었다. 베이시스트 존 테일러John Taylor의 얼굴을 보면서 나는 기타를 진짜 열심히 쳐야겠다는 다짐을 했다. 컬처 클럽Culture Club은 빌보드 1위에 빛나는 'Karma Chameleon'과 'Miss Me Blind'가 실린 〈Colour By Numbers〉가 있다. 여장남자인 리더이자 보컬리스트 보이 조지Boy George의 카리스마는 압도적이었다. 당시에는 다양한 장르를 섞어 독특한 사운드를 만들어낸 컬처 클럽이 좋았지만 듀란 듀란이 정말 음악 잘하는 밴드라는 것을 알게 된 후에는 바뀌었다.

마이클 잭슨의 'Billie Jean' 'Human Nature' 'Beat It'은 라디오를 틀기만 하면 나올 때라 공 테이프에 녹음해서 들었기에 LP는 좀 시간이 지난 후에 산 것 같다. 명연이자 명곡인 'Rosanna' 'I Won't Hold You Back' 'Africa'가 실린 토토의 4집은 고등학교에 가서 샀던 것 같다. 선배가 토토의 4집을 보고 이 앨범보다 완벽한 연주와 녹음은 없다고 피를 토하면서 칭찬했던 게 지금도 기억난다. 정리하자면 1983년 7월에 성음에서 라이선스로 발매한 폴리스의 5집이자 밴드의 마지막 앨범 〈Synchronicity〉가 내가 처음 산 앨범이다.

지금은 스팅[3]이 있던 록 밴드로 거론되지만 1970~80년대 폴리스는 영국을 대표하는 록 밴드였다. 보컬과 베이스의 스팅, 독특한 기타 사운드를 만들어내는 앤디 서머즈Andy Summers, 그리고 정확하고 깔끔한 드럼을 구사하는 스튜어트 코플랜드Stewart Copeland로 결성된 3인조 록 밴드다. 1978년 1집 〈Outlandos D'Amour〉에 실린 'Roxanne'를 시작으로 'Message In A Bottle' 'De Do Do Do, De Da Da Da' 'Every Little Thing She Does Is Magic' 등 앨범마다 히트곡을 내면서 성공을 거둔다. 〈Synchronicity〉는 1980년대를 대표하는 곡이라 해도 과언이 아닌 'Every Breath You Take'가 실린 폴리스의 5집이다.

칼 구스타프 융[4]의 '동시성'을 앨범 제목으로 해 곡마다 스타일이 다르고 가사도 무척 상징적이다. 그중 마이클 잭슨의 'Billie Jean'을 밀어내고 제26회 그래미 시상식에서 '올해의 노래'를 수상하고 빌보드 8주간 1위를 차지한 'Every Breath You Take'는 불후의 명곡이다. 불면증에 걸려 잠 못 이루는 스팅이 귓가에 맴도는 선율을 피아노에 옮겨 30분 만에 작곡한 곡이다. 14년이 지난 1997년에 퍼프 대디Puff Daddy가 동료 노터리어스 비아이지Notorious B.I.G.의 죽음을 추모하며 부른 'I'll Be Missing You'에 샘플링되면서 다시 한 번 빌보드 1위에 오르는데 원곡보다 3주를 더 해 11주나 머무른다. 'King Of Pain' 'Wrapped Around Your Finger' 'Walking In Your Footsteps' 'Synchronicity II' 등 〈Synchronicity〉에 수록된 모든 곡이 멋지다. 그런데 앨범의 성공에도 불구하고 폴리스는 팀 내 불화를 이겨내지 못하고 결국 다음 앨범 작업 중 해체한다. 스팅은 솔로로 더 활발한 활동을 지금까지 이어오고 있으며 앤디 서머즈와 스튜어트 코플랜드는 재즈 앨범을 발매하면서 연주자로 경력을 이어간다.

발매 날짜와 당시 내 음악 스타일을 갈무리해서 유추하면 폴리스의 〈Synchronicity〉가 처음 산 앨범임이 틀림없다. 'Every Breath You

Take' 외에는 라디오에서 들을 기회가 없어 앨범을 사서 듣고는 괴기스러운 곡(Mother)에 충격을 받기도 했다. 그런데 〈Synchronicity〉는 LP와 CD의 수록곡이 다르다. 금지곡으로 잘려 나간 것이 아니라 수록 시간 제한으로 'Murder By Numbers'가 LP에는 빠져 있고 CD에만 마지막에 수록되어 있다. 이 곡은 한참 시간이 지난 후 1996년에 국내 개봉한 영화《카피캣》에 사용된다.

그리고 앨범에 비밀이 하나 더 있는데 커버의 사진과 컬러가 여러 버전으로 발매되었다. 앨범 데이터베이스 웹사이트인 '디스콕스'에 〈Synchronicity〉 커버 이미지를 분석한 'Synchronicity-Variations Of The US LP'라는 제목의 게시글이 따로 있을 정도다. 빨강, 파랑, 노랑 3가지 색이 LP의 앞뒷면에 여러 가지 패턴으로 조합을 이룬다. 3명의 폴리스 멤버가 등장하는데 20세기 손꼽히는 사진작가인 듀안 마이클이 찍은 사진의 순서가 달라 총 36가지 버전이 있고,《골드마인》(1974년 미국에서 창간된 음악 관련 정보를 담은 잡지)에서는 93가지까지 있다고 한다. 국내 LP는 앞면이 파랑(스팅)-빨강(앤디 서머즈)-노랑(스튜어트 코플랜드)이고 뒷면은 노랑(스팅)-파랑(앤디 서머즈)-빨강(스튜어트 코플랜드)으로 프린트되어 있다.

이게 뭐라고 수십 번씩이나 〈Synchronicity〉의 컬러와 사진을 대조하면서 다른 것들을 찾아보고 있다. 쌀 한 톨에도 경전을 새기고 유물을 찾아 인생을 바치는 분들이 있듯 지구촌 어딘가에 폴리스의 〈Synchronicity〉 93가지 버전을 모두 수집한 분이 있을 것이다.

그래, 난 아직 멀었다.

1) 더블 카세트 데크Double Casette Deck
카세트테이프 플레이가 2개 달린 데크로, 음악이 담긴 정식 테이프를 공 테이프에 녹음할 때 사용한다. 그리고 여러 개의 테이프를 편집해서 1개의 테이프에 녹음할 때도 사용한다.

2) 뉴 웨이브New Wave
기존의 강렬한 하드 록에 반발하며 1970년대 후반 영국을 중심으로 발생한 록의 하위 장르. 거칠고 단순한 펑크 록과 유사하며 건반 사운드가 강조된 신스 팝, 포스트 록으로 변화된다. 폴리스, 프리텐더스The Pretenders, 블론디Blondie, 카스The Cars 등이 있다.

3) 스팅Sting(1951~)
고든 매슈 토머스 섬너Gordon Matthew Thomas Sumner라는 본명을 가진 영국의 싱어송라이터. 1977년 런던에서 결성된 록 밴드 폴리스의 베이시스트이자 보컬로 왕성한 활동을 펼치다 1984년 솔로로 독립해 지금까지 활동하고 있다. 수많은 히트 앨범과 싱글을 발표하고 할리우드 명예의 거리(2000), 케네디 센터 평생공로상(2014), 폴라 음악상(2017)을 수상했다.

4) 칼 구스타프 융Carl Gustav Jung(1875~1961)
스위스의 정신과 의사이자 심리학자. 마음에 품고 있던 생각을 외부의 사건이 거울처럼 비춰주는 것을 직접 경험으로 깨닫고 '동시성Synchronicity'이라는 심리학 개념을 발전시켰다. 동시성은 인과적으로 서로 결부되어 있지 않은 정신적 사건과 물질적 사건의 의미 있는 일치를 묘사하기 위해 창안한 개념이다.

Journey

Columbia ◆ 1981년 ◆ CBS(1981년), KJPL-0259(25AP-2100)

Side A
1. Don't Stop Believin'
2. Stone In Love
3. Who's Crying Now
4. Keep On Runnin'
5. Still They Ride

Side B
1. Lay It Down
2. Mother, Father
3. Open Arms
4. Lovin', Touchin',
   Squeezin' (Live)
5. Lights (Live)

돈 스톱 빌리빙, 통일을 믿자고!

록 밴드의 내한 공연이 자주 있어 현재 활동하는 밴드들은 국내에서 거의 볼 수 있다. 단독 콘서트는 물론 2~3일씩 열리는 대형 록 페스티벌을 통해 기다리던 밴드의 공연을 볼 수 있다. 영화 《보헤미안 랩소디》의 인기에 힘입어 퀸만 전문적으로 커버하는 밴드 '더 보헤미안스'의 공연이 바로 열렸고, 퀸과 아담 램버트[1]의 공연도 확정되었다.

이렇게 발 빠르게 공연이 성사되고 있지만 아직 자의든 타의든 내한 공연을 한 번도 못 한 록 밴드도 있다. 그러다 보니 록을 좋아하는 팬들은 자기가 못 본 밴드를 꿈속에서 만나거나 버킷리스트를 작성해 공연이 성사되기를 기도한다. SNS에서 만나게 되는 지인들의 다양한 버킷리스트는 그것만으로도 정보가 되고 보는 재미도 있다. 해외 음악 매체에서는 '죽기 전에 꼭 봐야 할 50 뮤지션' 같은 리스트를 정기적으로 발표한다. 심지어 세상을 떠난 뮤지션과 밴드까지 포함해 '하늘나라 버킷리스트'까지 작성한다. 여기서 나의 버킷리스트를 공개한다.

★ 김광현의 버킷리스트 10 (사망, ABC 순)

Bill Evans빌 에반스 (피아노, 재즈)

Carpenters카펜터스 (팝)

Charlie Parker찰리 파커 (색소폰, 재즈)

Dio디오 (헤비메탈)

Ella Fitzgerald엘라 피츠제럴드 (보컬, 재즈)

Jimi Hendrix지미 헨드릭스 (기타, 블루스)

Joe Pass조 패스 (기타, 재즈)

John Coltrane존 콜트레인 (색소폰, 재즈)

Led Zeppelin레드 제플린 (록)

Marvin Gaye마빈 게이 (쏘울)

★ 김광현의 버킷리스트 10 (생존, ABC 순)

AC/DC (록)

Daryl Hall & John Oates데릴 홀 앤 존 오츠 (쏘울)

Neil Young닐 영 (록)

Paul Simon폴 사이먼 (포크)

Rolling Stones롤링 스톤스 (록)

Roger Waters로저 워터스 (록)

Tony Bennett토니 베넷 (재즈)

U2유투 (록)

Van Halen반 헤일런 (록)

ZZ Top지지 톱 (록)

적어놓고 나면 빠진 뮤지션이 생각나기 마련이고 세월 따라 리스트가 변하지만 얼추 이 정도가 아닐까 한다. 사망하거나 해체된 밴드를 보겠다는 것은 희망 사항일 뿐이고, 생존해 있는 재즈 아티스트들은 페스티벌 무대를 통해 많이 봐서 다행이다.

문제는 록 밴드인데 몸집이 큰 밴드들은 아직 국내 공연이 쉽지 않은 상태다. 그 중 '빅 3'가 있다면 AC/DC, 롤링 스톤스, 유투다. 그런데 AC/DC는 리더 앵거스 영Angus Young이 기타를 연주하며 밴드를 이끌고 있지만 친형 말콤 영Malcolm Young이 2017년에 사망하고 보컬리스트 브라이언 존슨Brian Johnson마저 건강 이상으로 팀을 떠나 AC/DC의 완전체는 기대하기 힘든 상황이다. 건스 앤 로지즈Guns N' Roses의 액슬 로즈Axl Rose가 보컬을 맡아 투어를 마무리했다고 하는데 액슬 로즈는 건스 앤 로지즈에 있어야지 AC/DC에서 그를 보고 싶은 팬은 별로 없다.

롤링 스톤스는 평균 나이 70대 중반이지만 젊은 록 밴드보다 활발히 투어를 돌며 지금도 공연 회당 매출액 1위(14회 공연에 75만 명이 관람해 1억 1800달러 매출. 2018년 빌보드 발표)를 기록하고 있다. 2019년 북미 투어가 믹 재거Mick Jagger의 심장 수술로 연기되었지만 다행히 수술이 잘 되어 6

월부터 '노 필터' 북미 투어를 펼친다.

　그리고 유투가 있다. 내한 공연을 할 거라는 소문이 몇 번 있었지만 아직 그들은 한국 땅을 밟지 않고 있다. 이런 매머드 급 록 밴드의 개런티는 상상 이상으로, 개런티를 맞추려면 티켓 가격이 천정부지로 오르고 큰 공연장에 관객이 많이 와야 한다. 이게 다 맞아떨어지면 마지막 조건으로 아티스트가 맘을 움직여야 한다. 그래서 음악뿐 아니라 사회운동에 적극적으로 참여하는 유투의 보노Bono가 독일 통일의 씨앗이 된 데이비드 보위의 역할을 해주면 어떨까 상상해 본다. 데이비드 보위가 부른 'Heroes'가 독일 통일에 불을 지폈듯이[2] 유투의 'One'이 하나 된 코리아를 그릴 수 있지 않을까. 그런데 나의 소원이 하늘에 가 닿았는지 이 글을 쓰고 있는 중에 유투의 내한 공연이 확정되었다.

　몇 년 전까지 버킷리스트에 있다가 지워진 밴드가 몇 있다. 비틀스The Beatles를 볼 수 없는 상황에서 폴 매카트니Paul McCarthney 공연은 언제나 최상단에 적혀 있었는데 2015년에 그 꿈을 이뤘다. 원래 2014년에 공연 예정으로 티켓까지 발권이 되었지만 몸이 좋지 않아 1년을 연기하고 2015년에 성사되었다. 잠실주경기장에서 열린 공연은 중간 쉬는 시간 없이 2시간 넘게 비틀스와 폴 매카트니 솔로 시절의 히트곡으로 가득 채웠다.

　그 다음으로 버킷리스트에서 지워진 밴드는 저니Journey다. 미국 하드록과 A.O.R[3]을 대표하는 저니는 1973년 샌프란시스코에서 결성되어 이글스, 에어로스미스Aerosmith와 함께 미국을 대표하는 국민밴드라 할 수 있다. 기타에 닐 숀Neal schon, 건반과 보컬을 담당한 그렉 롤리Gregg Rolie

가 저니를 시작했지만 1977년에 스티브 페리Steve Perry가 보컬로 들어오면서 대형 그룹이 된다. 스티브 페리는 'Lights'와 'Wheel In The Sky'를 히트시키면서 저니라는 이름을 알린다. 4집 〈Infinity〉에 이어 1979년 〈Evolution〉에서는 저니의 첫 '빌보드 핫 100', 20위 권 노래가 탄생한다. 'Lovin', Touchin', Squeezin''이 16위에 오르고 앨범은 차트 8위까지 오른다.

1980년 'Any Way You Want It'이 실린 〈Departure〉를 끝으로 원년 멤버 그렉 롤리가 빠지고 영국의 록 밴드 베이비스The Babys의 건반 주자이자 뛰어난 작곡가 조나단 케인Jonathan Cain이 영입된다. 여러모로 업그레이드된 저니는 탄력을 받아 대박 앨범 2장을 연이어 발표한다. 1981년에 발표한 〈Escape〉에서 'Don't Stop Believin'' 'Who's Crying Now' 'Open Arms'가 연속 히트한다. 'Open Arms'는 국내에서 사랑받는 록 발라드 대표곡으로 머라이어 캐리Mariah Carey가 1995년에 커버해 다시 히트를 기록한다. 다음 앨범 〈Frontiers〉에서도 'Separate Ways(Worlds Apart)' 'Faithfully' 'Send Her My Love'가 히트하며 싱글과 앨범 모두 엄청난 판매를 기록한다.

그런데 너무 힘을 소진한 걸까? 리더인 닐 숀과 스티브 페리 사이가 벌어지고 결국엔 파워풀한 고음과 호소력 짙은 목소리를 지닌 스티브 페리가 팀을 나가면서 밴드는 1987년에 해체한다. 이후 몇 차례 재결성을 하지만, 그 모든 행위는 스티브 페리의 빈자리만 부각될 뿐이었다.

사진의 앨범은 저니의 초대박 히트작 〈Escape〉로 미국 발매와 동시에 국내에서도 라이선스 발매가 이뤄진다. 그런데 국내 발매 시 2곡이 금지곡으로 묶여 다른 곡으로 교체되어 발매된다. 뒷면에 실린 'Escape'와

'Dead Or Alive'가 잘려 나가고 조나단 케인이 영입되기 전인 1970년대 저니를 정리하는 라이브 앨범 〈Captured〉(1981)에 실린 실황 곡 'Lovin', Touchin', Squeezin''과 'Lights'가 실린다. 이로써 또 전 세계 어디에도 없는 한국판 〈Escape〉가 탄생한다.

저니의 매력은 대중들이 즐기는 히트곡이 꽤 많다는 것이다. 영미권은 당연하고 국내에서도 팝을 조금이라도 들은 분이라면 4~5곡 정도는 같이 흥얼거릴 수 있다. 이렇듯 저니의 인기는 식지 않아 닐 숀은 오디션을 통해 보컬을 구해 활동을 이어간다.

그러다 2007년에 유튜브에서 귀인을 만난다. 필리핀 록 밴드에서 노래하는 아넬 피네다[4]가 스티브 페리와 너무나 유사해 그를 저니의 보컬리스트로 영입한 것이다. 닐 숀이 아넬 피네다에게 메일을 보냈는데 스팸 메일인 줄 알고 열지 않았다는 이야기는 유명한 일화다. 그는 자신이 너무나 사랑하고 모창까지 하던 밴드에 마흔이 되어 메인 보컬리스트로 들어가 활동을 시작한다. 미국의 저니 팬들은 갑자기 나타난 동양인 가수를 모창 가수로 폄훼하며 인정하지 않다가 온 힘을 다해 저니의 히트 곡을 열창하는 아넬 피네다의 모습에 하나둘 마음을 연다. 저니의 오래된 팬뿐 아니라 새롭게 저니 음악을 듣게 된 이들도 아넬 피네다를 인정하게 된다.

나도 처음에는 스티브 페리만이 저니의 오리지널이라고 생각했는데 아넬 피네다의 노래를 몇 번 듣고는 저니를 온전히 표현하고도 남을 보컬리스트라고 인정했다. 이후 미국의 모든 방송은 그를 인터뷰하며 인간 승리의 주인공으로 만들었고, 아넬 피네다는 저니의 정식 멤버가 되어 1980년대 전성기 못지않은 활약을 펼친다.

저니의 앨범 커버는 1978년 발매된 〈Infinity〉부터 〈Escape〉까지 날개와 딱정벌레를 주제로 한 일러스트가 장식한다. 공상 과학 애니메이션의 포스터처럼 그려진 그림은 1960년대 히피 문화를 이끈 록 밴드 그레이트풀 데드Grateful Dead의 해골과 장미를 탄생시킨 스탠리 마우스의 작품이다. 스탠리 마우스는 거칠고 괴기스러운 일러스트로 유명하지만 저니의 앨범 커버에서는 화려한 컬러로 첨단의 이미지를 그려냈다. 친구 앨튼 켈리와 함께 만든 커버는 그레이트풀 데드, 저니 외에 스틱스, 스티브 밀러Steve Miller, 롤링 스톤스 등이 있다.

감동과 인간 승리의 록 밴드 저니가 2017년 2월 15일에 첫 내한 공연을 가졌다. 나는 버킷리스트의 한 줄을 지우며 저니의 공연을 즐겼다. 아넬 피네다는 저니의 히트곡을 2시간 동안 노래했고 중년의 팬들은 거의 모든 곡을 따라 부르며 이곳이 공연장인지 노래방인지 모르게 만들었다. 물론, 나도 그중 하나였다.

▶
저니의 멤버들 사진이 들어가 있는 〈Escape〉의
이너 슬리브Inner Sleeve(속지). 국내, 해외 앨범 모두
이너 슬리브를 제작하는데 국내 라이선스는 한글로 된
라이너 노트가 들어가야 해서 디자인이 조금 다르다.
사진은 수입반 이너 슬리브로 금지곡으로 곡이 바뀌지 않은
오리지널 그대로이다.

1) 아담 램버트Adam Lambert(1982~)

미국이 가수이자 배우로 오디션 프로그램 〈아메리칸 아이돌〉 시즌 8의 준우승자. 높은 음
역과 화려한 퍼포먼스로 발표하는 앨범마다 성공하고, 커밍아웃 이후에도 인기를 이어간
다. 시즌 8 오디션에서 부른 '보헤미안 랩소디'를 인연으로 퀸과 함께 투어를 하며 프레
디 머큐리의 빈자리를 채우고 있다.

2) 데이비드 보위의 'Heroes'

데이비드 보위(1947~2016)가 1977년에 발표한 12번째 앨범 〈Heroes〉는 데이비드 보위
의 베를린 3부작 중 두 번째 앨범이다. 'Heroes'는 베를린 장벽 앞에서 포옹하는 연인에
게 영감을 얻어 만든 노래로 10년 후인 1987년 6월 초 '히어로즈 콘서트'가 서베를린 연
방의회 앞 야외 광장에서 사흘간 진행된다. 이 공연에 동서독 젊은이 모두가 열광하고 노
래는 장벽을 넘어 자유와 통일로 이어져 3년 후 베를린 장벽은 무너진다. 2016년 데이비
드 보위가 사망하자 독일 외교부는 SNS를 통해 "굿바이, 데이비드 보위. 당신은 우리의
영웅입니다. 장벽을 허무는 데 도움을 주어 감사합니다."라고 전했다.

3) A.O.R(Adult-Oriented Rock)

'성인 대상의 록'이라는 뜻으로 1970년대 록이 거친 헤비메탈과 아트 록으로 변하자 이와
달리 도회적이면서 세련된 하드 록을 구사하는 스타일을 부르는 용어다. 대부분 미국 밴드
가 많았고 저니, 토토, 스틱스 등이 있다.

4) 아넬 피네다Arnel Pineda(1967~)

필리핀 출신의 가수로 1982년 필리빈 밴드 '이호스'의 리드 보컬로 활동한다. 1986년에는
이호스의 멤버들과 함께 '아모'를 결성해 록 콘테스트에서 우승을 차지한다. 홍콩에서도
공연을 이어가지만 건강 이상으로 고향에 돌아와 재활 후 활동을 재개한다. 1999년 워너
브라더스 레코드의 눈에 띄어 첫 앨범 〈Arnel Pineda〉를 발매한다. 2006년에는 록 밴드
'더 주The Zoo'를 결성하고 2007년에 록 밴드 저니의 멤버로 발탁된다.

ESCAPE

He's just a boy out of school
Livin' his world like he wants to
They're makin' laws, but they don't
understand
Turns a boy into a fightin' man
They won't take me
They won't break me
No one could tell him what to do
Had to learn everything the
hard way
He's on the street, breakin' all
the rules
I'm tellin' you that he's nobody's
fool
They won't take me
They won't break me
Now he's leavin', gettin' out from
this masquerade
Oh gotta go –

I'm finally out in the clear and
I'm free
I've got dreams I'm livin' for
I'm movin' on where they'll never
find me
Rollin' on to anywhere
I'll break away, yes I'm on my way
Leavin' today, yes I'm on my way
Just when you think you had it all
figured out
Runnin' scared can change your
mind
I never knew I had so much to give
How hard times can fool ya'
Oh I'm okay, I'm alright
Feelin' good out on your own
I'll break away, I'll break away
I've got dreams I'm livin' for
I'll break away
Yes, I'm on my way
I'm leavin', leavin' today
Yes, I'm on my way
This is my escape
Yes, I'm on my way
I'll break away
Yes, I'm on my way.

MOTHER, FATHER

She sits alone, an empty stare
A mother's face she wears
Where did she go wrong, the
fight is gone
Lord help this broken home

Hey, mother, father, sister
Hey, come back, tryin', believin'
Hey, mother, father, dreamer

Don't you know that I'm alive
for you
I'm your seventh son
(And) when lightnin' strikes the
family
Have faith, believe.

With dreams he tried, lost his pride
He drinks his life away
One photograph, in broken glass
It should not end this way.

Through bitter tears
And wounded years, those ties
of blood were strong
So much to say, those yesterdays
So now don't you turn away.

STILL THEY RIDE

Jesse rides through the night
Under the Main Street light
Ridin' slow . . .

This ol' town, ain't the same
Now nobody knows his name
Times have changed, still he rides.

Traffic lights, keepin' time
Leading the wild and restless
through the night

Still they ride, on wheels of fire
They rule the night
Still they ride, the strong will survive
Chasing thunder

Spinning 'round, in a spell
It's hard to leave this carousel
'Round and 'round
And 'round and 'round

DEAD OR ALIVE

A double secret agent
And he was paid to kill
With cold steel magnum force
Is how the man possessed the skill
He shot a man in Paris
He did a job in L.A.
And if the price was right, he'd
surely
Take your life away

Wanted, dead or alive, blood for
money, money
Assault, homicide, blood for
money, money, money, money

He drove a Maserati, lived up in
the hills
A cat with nine lives that's gone
too far to feel the chill
He never thought it'd happen
It was his last mistake
'Cause he was gunned down by a
heartless woman's .38.

KEEP ON RUNNIN'

Workin' in the city
This town's got no pity
Bossman owns a hea[...]
I'm on the line, it's ove[...]
I'll tell you it's a crime
They get me by the he[...]
By my blue collar
You're squeezin' me t[...]
It's Friday night
Let's run tonight
Till the morning light.

Keep on runnin', keep[...]
Keep on runnin' away[...]
It's okay, it's alright
It's okay, it's alright
And if it makes you wa[...]
and shout, go ahead[...]
Keep on runnin', keep[...]
Keep on runnin' away[...]

Cruisin' with my baby
Think we just might m[...]
Find some back seat [...]
and blues
Radio, down we go, d[...]

OPEN ARMS

Lying beside you, here[...]
Feeling your heart bee[...]
Softly you whisper, you[...]
How could our love be[...]
We sailed on together[...]
We drifted apart
And here you are by ni[...]

So now I come to you,
open arms
Nothing to hide, believ[...]
So here I am with open[...]
Hoping you'll see what[...]
means to me . . .
Open arms

Living without you, livin[...]
This empty house seem[...]
Wanting to hold you, w[...]
you near
How much I wanted yo[...]

But now that you've co[...]
Turned night into day
I – need you to stay.

(chorus)

EVE PERRY
ead Vocals

ar & Vocals

ROSS VALORY
Bass & Vocals

STEVE SMITH
Drums

NEAL SCHON
Guitar & Vocals

WHO'S CRYING NOW

It's been a mystery, and still they
try to see
Why somethin' good can hurt
so bad
Caught on a one-way street, the
taste of bittersweet
Love will survive somehow,
some way

One love feeds the fire
One heart burns desire
I wonder, who's cryin' now
Two hearts born to run
Who'll be the lonely one
I wonder, who's cryin' now

So many stormy nights, so many
wrongs or rights
Neither could change their
headstrong ways
And in a lover's rage, they tore
another page
The fightin' is worth the love they
save . . .
(chorus)
Only so many tears you can cry
'Til the heartache is over
And now you can say your love . . .
. . . Will never die . . .

STONE IN LOVE

Those crazy nights, I do remember
in my youth
I do recall, those were the best
times, most of all
In the heat with a blue jean girl
Burnin' love comes once in a
lifetime
She found me singing by the
railroad track
Took me home, we danced by
moonlight

Those summer nights are callin',
stone in love
Can't help myself I'm fallin'
stone in love

Old dusty roads, led to the river
Runnin' slow
She pulled me down, and in clover
We'd go 'round
In the heat with a blue jean girl
Burnin' love comes once in a
lifetime
Oo the memories never fade away
Golden girl, I'll keep you forever.

All songs by S. Perry, N. Schon and J. Cain,
except "Who's Crying Now" and "Open
Arms" by S. Perry and J. Cain, and "Mother,
Father" by N. Schon, S. Perry, J. Cain and M. Schon.
For all songs:
1981 Weed High Nightmare Music (BMI)
All administrative rights controlled by
Screen Gems - EMI Music Inc.
All rights reserved. Used by permission.

reelin'
e
own

ead

n' in

ght

25AP 2100 © 19[...]

Dream
음악을 꿈꾸다

비틀스 세대, MTV 세대, 조용필 세대, 서태지 세대 등 대중음악으로 세대를 나눈다면 나는 어디에 해당할까. 들국화 세대, 하드 록 세대, 동아기획 세대 모두 틀린 말은 아니지만, 사춘기 때 많이 듣고 따라 부른 노래는 대학가요제 곡이었으니 나는 '대학가요제 세대'다.

Led Zeppelin
Swan Song ◆ 1976년 ◆ 일본 초반, P-5544~5N

Side A
1. Rock And Roll
2. Celebration Day
3. The Song Remains The Same
4. Rain Song

Side B
1. Dazed And Confused

Side C
1. No Quarter
2. Stairway To Heaven

Side D
1. Moby Dick
2. Whole Lotta Love

THE SONG REMAINS THE SAME (2LP)
'신스 아이브 빈 러빙 유' 기억하세요?

책에 들어갈 앨범을 고를 때 가장 먼저 생각한 밴드는 레드 제플린[1]이다. 앨범 목록을 작성할 때 아무 망설임 없이 'Stairway To Heaven' 'Rock And Roll'이 수록된 4집을 골랐다. 앨범 제목이 따로 없어 '언타이틀드' 앨범으로 불리는 레드 제플린 4집은 전 세계 판매량이 3700만 장에 이르는 그야말로 초대형 히트 앨범이다.

앨범 커버에 나무꾼 그림 액자 외에는 곡명이나 밴드 명이 없어 오아시스레코드에서 1978년에 제작한 국내 라이선스 반에는 'Stairway To Heaven'을 노란 스티커 형태로 만들어 커버 상단에 넣었다. 하단에는

'Led Zeppelin'을 크게 박아 넣었다. 전 세계 어디에도 없는 레드 제플린 4집 커버가 이렇게 또 만들어졌다. 거기다 B면 첫 곡인 'Misty Mountain Hop'은 공원에 모여 마리화나를 피우는 히피들 얘기 때문인지 금지곡으로 묶여 그야말로 너덜너덜한 앨범이 되었다. 이렇게 사연 많은 4집을 학창 시절 내내 끼고 살았기에 당연히 책에 들어갈 LP 리스트 최상단에 적었다.

그런데 레드 제플린의 다른 앨범을 듣고 나면 어느샌가 그 앨범이 4집 자리를 대신하는 것이 아닌가. 〈Led Zeppilin I〉, 〈Houses Of The Holy〉, 〈Led Zeppilin II〉, 〈Physical Graffiti〉, 〈Led Zeppilin III〉 등 정규작 9장이 순서를 바꿔가며 리스트에 오르는 바람에 장고 끝에 레드 제플린은 제외하기로 했다. 대신 레드 제플린이 영향을 많이 받은 선배 밴드 중 하나인 펜탱글[2]의 앨범을 골랐다. 그런데 어느 날 펜탱글의 진지한 포크 음악을 듣다가 노인 한 분이 지팡이를 들고 쫓아오는 꿈을 꿨다. 뭔가 야단을 치는 것 같은데 영어로 해서 알아먹을 수가 없었다. 며칠 후 생각해보니 레드 제플린 4집 커버에 등장하는 나무꾼이란 생각이 들었다. 나무꾼에게 용서를 빌며 다시 앨범을 골랐는데 레드 제플린 앨범 중 다소 애매한 〈The Song Remains The Same〉으로 낙점했다.

이 앨범은 레드 제플린 멤버들이 엄청난 스케줄로 지칠 대로 지친 1973년 여름, 뉴욕 메디슨 스퀘어 가든에서 가진 실황을 바탕으로 제작된 영화 《The Song Remains The Same》의 사운드 트랙이다. 영화 초반에 등장하는 1920년대 갱단의 모습과 과거와 현재를 오가는 멤버들의 모습, 모호하고 상징적인 판타지 장면 등 이해하기가 쉽지 않은 영화이지만 레드 제플린의 1970년대 전성기 시절 라이브를 만날 수 있는 영상이다.

1976년 영화 개봉 당시 《롤링 스톤》[3] 지의 데이브 마시(미국 음악 평론가)는 "영화 《The Song Remains The Same》은 레드 제플린에 대한 기대만큼 록 시네마의 기념비적인 작품은 아니다. 사실은 거의 영화라고 할 수 없다. 그냥 장난스러운 장면이 중간 중간 삽입된 콘서트 동영상이라고 할 수 있다. (중략) 비틀스가 출연한 영화에서 보여준 위트는 전혀 담겨 있지 않고 공포감도 시답지 않기 때문이다."라고 혹평을 했다.

멤버들의 아쉬운 연기와 뒤죽박죽 알 수 없는 시나리오는 그렇다 치더라도 시사회가 열린 미국의 극장 사운드도 다 제각각이어서 애매한 평가를 받다가 극장에서 조용히 사라졌다. 이렇게 영화는 참패를 했지만 5집 〈Houses Of The Holy〉의 대표곡 'The Song Remains The Same'을 타이틀로 한 사운드 트랙 앨범은 영국에서 1위, 미국에서 2위에 오르며 체면을 차린다.

이 영화를 접한 건 서울 대학로에 있는 MTV[4]에서였다. 중간 중간 라이브 연주 모습만 봐서 당시에는 영화인지도 모르고 지미 페이지Jimmy Page의 신들린 기타 연주와 로버트 플랜트Robert Plant의 섹시한 노래에 빠져들었다. 레드 제플린은 처음 들은 날부터 인생 밴드, 가장 좋아하는 록 밴드가 되었다.

앞서 말한 이유로 〈The Song Remains The Same〉은 레드 제플린의 공식 앨범 9장에 못 들어가는 깍두기 같은 앨범이다. 그런데도 선정한 이유는 딱 하나 강렬한 블루스 곡 'Since I've Been Loving You' 때문이다.

깁슨 레스폴[5] 기타에서 뿜어져 나오는 지미 페이지의 연주는 처음부터 압도한다. 존 폴 존스John Paul Jones의 건반은 사운드를 빈 틈 없이 채우고 존 본햄John Bonham의 드럼은 느린 블루스여서 더 극적으로 치닫는다. 그리고 가슴을 풀어헤치고 혼신을 다해 노래하는 로버트 플랜트의 모습까지 'Since I've Been Loving You'는 비교 대상이 없는 라이브의 완전 무결한 결정체 같은 곡이다. 그런데 이 곡이 2LP로 제작된 사운드 트랙 앨범에는 없다. 이런 사실도 모르고 앨범을 샀다가 얼마나 허탈했던지. 그래서 'Since I've Been Loving You' 라이브 연주는 라디오에서 들을 수 없었다. LP뿐 아니라 나중에 나온 CD에도 실려 있지 않아 영화를 보지 않고서는 들을 수 없었는데 어느 날 라디오에서 들었다.

고2였던 1986년, 화실에서 그림을 그리는데 MBC-FM 저녁 라디오 프로그램에서 'Since I've Been Loving You'가 흘러나왔다. 레드 제플린 3집에 수록된 스튜디오 버전이 아닌 라이브 연주였다. 레드 제플린을 신으로 여기던 때라 라디오에서 나오는 순간 나는 4B 연필을 떨어트리고 그 자리에서 얼어버렸다.

다 듣고 나자 라디오 디제이가 "레드 제플린의 '신스 아이브 빈 러빙 유' 라이브 연주는 앨범으로 나와 있지 않아 제가 가지고 있는 영화《더 송 리메인 더 세임》LD(Laser Disc)에서 음악만 들려드리는 겁니다."라고 하는 게 아닌가. '야, 디제이가 음악을 제대로 아네.'라고 생각하면서 얼마 전에 디제이가 바뀌더니 음악도 바뀌는구나, 라고 생각했다. 그 디제이가 지금 JTBC에 있는 손석희 사장이다. 프로그램은 〈젊음의 음악캠프〉로 지금의 배철수가 디제이 하기 전의 일이다. 그때부터 손석희는 나에게 '신스 아이브 빈 러빙 유'를 아는 아나운서이다.

지금은 기술의 발달로 지미 페이지가 엔지니어와 작업해 'Since I've

Been Loving You' 'Black Dog' 'Over The Hills And Far Away' 등 6곡을 사운드 트랙 〈The Song Remains The Same〉에 추가해 발매하고 있다. 그래서 최근 리마스터링 재발매 〈The Song Remains The Same〉 LP는 4장으로 구성된 박스 세트다.

혹시 언젠가 손 사장님 만나면 이거 꼭 한 번 물어보고 싶다.
"〈젊음의 음악캠프〉 하실 때 '신스 아이브 빈 러빙 유' LD로 튼 거 기억 나세요?"

1) 레드 제플린Led Zeppelin
영국의 록 밴드. 하드 록 전성 시대인 1970년대, 블루스를 기반으로 만들어낸 이들의 강렬한 사운드는 이후 등장하는 수많은 록 밴드에게 영향을 미친다. 드러머 존 본햄의 사망으로 밴드는 해체되었지만 영향력과 인기는 그대로이고 앨범 판매도 멈추지 않고 있다.

2) 펜탱글The Pentangle
레드 제플린의 지미 페이지가 영향을 많이 받은 기타리스트 버트 잰쉬Bert Jansch와 존 랜번John Ranbourn이 1967년에 결성한 5인조 '브리티시 포크-재즈 록 밴드'다.

3) 《롤링 스톤Rolling Stone》
1967년 미국에서 창간된 대중문화 격주간지로 표지 모델이 된 아티스트, 500대 명반 선정 등은 음악계 주요 뉴스이다. 영국의 록 밴드 '롤링 스톤스The Rolling Stones'와는 상관없다.

4) 대학로 MTV
1980~90년대, 만나기 어려웠던 록 밴드의 뮤직비디오나 라이브 영상을 큰 화면으로 볼 수 있었던 하드 록, 헤비메탈 전문 음악감상실. 혜화동(대학로)에 있어 서울의 메탈 키드들이 불나방처럼 모여들었다.

5) 깁슨 레스폴Gibson Les Paul
속이 꽉 찬 단단한 솔리드 바디 전기 기타. 펜더 사의 '텔레캐스터'에 대응하기 위해 1952년 깁슨 사가 만든 기타로 깁슨의 사장인 테드 멕카티와 기타리스트이자 기타 개발자인 레스 폴의 합작품이다.

2LP, 게이트 폴드 형식으로 제작된
〈The Song Remains The Same〉 안에는 영화 장면이 담긴
8페이지 사진집이 따로 인쇄되어 있다.
그리고 레드 제플린을 상징하는 여러 이미지 중 하나인
이카루스 일러스트가 LP 라벨에 멋지게 그려져 있다.

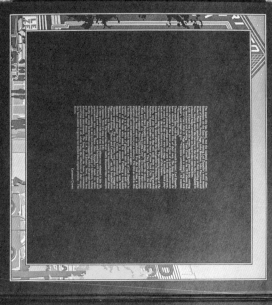

제4회 MBC 대학가요제
한국음반 ◆ 1980년 ◆ HC-200090, HC-200091

제1집

Side A
1. 꿈의 대화 [대상]
   (이범용, 한명훈)
2. 그 누가 [동상] (돌, 하나)
3. 뿌리 깊은 나무
   (변재정, 박휘)
4. 나는 돌아가리라
   (가위, 바위, 보)
5. 푸닥거리 (짚시들)

Side B
1. 연극이 끝난 후 [은상]
   (샤프)
2. 알 (개척자)
3. 바람아 네가 있을 뿐
   (김규혁)
4. 널 보고싶었지
   (돌하루방)
5. 해군가 [건전가요]

제2집

Side A
1. 해야 [은상] (마그마)
2. 내님 [동상]
   (가위, 바위, 보)
3. 바람개비 인생 (돌꽃)
4. 추억 (심은경, 임은주)
5. 날개 (노모스)

Side B
1. 해안선 [금상] (뚜라미)
2. 동천 [동상] (김지현)
3. 젊음의 꽃 (한소리)
4. 빈 바다 (백선위, 전형근)
5. 군가 [건전가요]

나, 대학가요제 나간 남자야!

비틀스 세대, MTV 세대, 조용필 세대, 서태지 세대 등 대중음악으로 세대를 나눈다면 나는 어디에 해당할까. 들국화 세대, 하드 록 세대, 동아기획 세대 모두 틀린 말은 아니지만, 사춘기 때 많이 듣고 따라 부른 노래는 대학가요제 곡이었으니 나는 '대학가요제 세대'다.

　세상사를 인지할 때부터 대통령은 한 분이 계속해서, 사회·정치적으로 내적 갈등은 없었지만 대마초 파동[1]이란 것 때문에 가수들이 하루아침에 없어지는 모습은 어린 나이에도 꽤나 이상했다. 이런 상황에서 1977년에 열린 제1회 MBC 대학가요제에서 서울농대 그룹사운드 샌드 페블스Sandpebbles가 '나 어떡해'로 대상을 받았다. 그때 동네 형들은 모이기만 하면 '너는 기타 쳐라, 나는 노래할 테니' 하면서 대학가요제 이야기로 밤새는 줄 몰랐다. 대학가요제의 인기는 전국으로 퍼져 2회부터는 출전 팀도 많아지고 경쟁도 훨씬 치열해진다. 제1회 MBC 대학가요제는 기억이 없지만 1978년 2회 가요제는 생각난다. 국민학교 3학년 때로 MBC 대학가요제 최고의 명곡인 썰물(부산대)이 부른 '밀려오는 파도 소리에'가 대상을 받는다. 실제 가요제 경연 때는 파도 소리가 없었지만 편곡해 다시 녹음한 노래에는 도입부와 끝부분, 그리고 중간 중간 파도 소리가 등장한다. 그리고 부산 바닷가의 물기 먹은 바이올린 소리와 남성 중창의 보컬 하모니가 더해져 이탈리아 아트 록[21] 못지않은 포스를 풍긴다.

MBC 문화방송이 1977년에 문을 연 대학가요제의 선풍적인 인기로 TBC 동양방송(현 JTBC)은 1978년 서해안에 있는 연포해수욕장에서 제1회 해변가요제를 연다. 거기에 더해 MBC에서는 대학가요제가 가을에 열리는 것을 감안해 여름 가요제인 MBC-FM 강변축제를 연다. 청평유원지에서 1회를 개최하고 3회부터는 강변가요제로 이름을 바꿔 이어간다.

대학가요제는 도제식인 기존 가수 시스템과 달리 풋풋한 대학생의 이야기를 담아내 감동을 주었다. 수상자는 물론 최종 결선 무대에만 올라도 가요제 다음 날 바로 화제가 되어 가수의 길을 걸을 수 있었다. 1980년 방송 통폐합으로 가요제 몇 개가 사라지지만 MBC 문화방송의 대학가요제와 강변가요제는 전국 대회로 명맥을 이어간다. 그러다 강변가요제는 2001년에, 대학가요제는 2012년에 36회를 끝으로 폐지된다.

21세기가 되면서 신인 가수의 다양한 유입 경로, 힙합을 중심으로 한 아이돌 댄스의 유행, 대형 기획사의 매니지먼트, 실용음악과 출신의 약진

등으로 대학가요제는 대중들과 멀어진다. 그리고 당사자들인 대학생의 험난한 취업난도 대학가요제 실패의 중요한 요인이다. 그래서 1970~80년대 대학가요제 노래를 지금의 청년들이 듣는다면 이해는 고사하고 철부지 노래라고 손가락질할지 모르겠다. 그래도 영화 《보헤미안 랩소디》와 드라마 〈응답하라〉 시리즈로 세대 공감을 이룬 경험이 있으니 그 시대의 노래들을 감상하는 것이 꼭 불가능한 일만은 아니다.

많은 대학가요제 중 최고 대회는 1978년에 열린 TBC 동양방송의 제1회 해변가요제와 1980년에 열린 제4회 MBC 대학가요제다. 방송으로 본 기억은 나지 않지만 제1회 해변가요제 최우수상인 징검다리(한양대)의 '여름'은 지금도 여름이면 듣게 되는 명곡이다. 이 대회에는 블랙테트라(홍익대)의 '구름과 나', 런웨이(항공대)의 '세상모르고 살았노라', 장남들(연합)의 '바람과 구름', 피버스(연세대)의 '그대로 그렇게' 등 그룹사운드의 활약이 대단했다.

대학가요제의 열풍으로 각 대학의 공식 그룹사운드 외에 과별 밴드, 고등학교 동창과 만든 밴드 등 그 수가 기하급수로 늘어나 해변가요제가 이름을 바꾼 1980년 젊은이의 가요제에는 밴드가 400여 팀이나 출전한다. 이 때 열린 제4회 MBC 대학가요제는 역대 대학가요제 중 베스트 오브 베스트로, 최종결선 진출 곡 18곡을 1집, 2집으로 나눠 발매한 〈'80 mbc 대학가요제〉는 매우 아끼는 앨범 중 하나다.

1980년 11월 8일 연세대학교에서 열린 제4회 MBC 대학가요제 진행은 가수 겸 MC인 이수만(SM엔터테인먼트 대표)과 1978년 해변가요제 최우수상 팀인 징검다리 멤버로 참여한 왕영은이 맡았다. 수상 곡들은 지금까지 MBC 대학가요제를 대표하는 명곡들이다. 통기타를 연주하며 열심히 부르는 모습은 대학 가요의 상징과 같은 이미지로 대부분 좋은 평을 받는다. 4회 대회에서도 남성 듀오 이범용과 한명훈(연세대)이 부른 '꿈의 대화'가 대상을 받는다.

당시 대학가요제는 최종 결선 진출 곡 모두를 앨범에 담아 대부분 2LP로 제작되고 각 면의 1번 곡은 수상곡이 차지한다. '꿈의 대화'는 그랑프리답게 제1집 A면 첫 곡이고 B면은 은상 수상 곡으로 영화 《친구》(2001)와 드라마 〈응답하라 1988〉(2015)에도 나온 샤프(연합)의 '연극이 끝난후'다. 제2집 A면 첫 곡은 샤프와 공동 은상 수상 곡으로 조하문의 고음이 작렬하는, 마그마(연세대, 서울대)의 '해야'이고 뒷면 첫 곡은 금상 수상곡인 뚜라미(홍익대)의 '해안선'이다.

나는 방송을 보면서 3인조 록 밴드 마그마의 '해야'를 대상으로 밀었지만 조하문의 '샤우팅' 창법과 강력한 록 사운드는 대중과 거리가 있었다. 그렇더라도 2등 상인 금상은 충분히 받을 줄 알았다. 그런데 '대학가요스러운' 뚜라미의 '해안선'에 밀려 은상에 머물고 만다. 나중에 발매된 LP를 보고 제2집 A면 첫 곡으로 금상인 뚜라미 곡이 아닌 은상인 마그마의 '해야'가 있는 것을 확인하고는 가요제 관계자들도 마그마의 '해야'를 인정한 것이라 생각했다. 상은 못 받았지만, 김규혁(계명대)이 부른 '바람아 네가 있을 뿐'은 솔로가 아닌 밴드 형태로 나왔다면 훨씬 멋진 음악이 되었을 아쉬운 곡이다.

대학가요제 최종 결선 진출은 신문사에서 주최하는 신춘문예와 같아 가요제 다음 날부터 바로 가수의 길로 들어설 수 있었다. 배철수, 심수봉, 노사연, 김학래, 조하문, 조갑경, 유열, 신해철, 김동률 등이 대중음악계를 빛내는 MBC 대학가요제 출신 스타들이다.

대학가요제 세대답게 나의 대학 입학 첫 번째 목표는 대학가요제 출전이었다. 재수생이었던 1988년 여름에 열린 강변가요제에서 이상은의 '담다디'를 보면서 '록은 죽었다'고 외쳤지만 속으로는 무척 재미있는 노래라고 생각했다. 늦가을에 열린 대학가요제에서는 전주를 듣자마자 심사위원장인 조용필이 대상으로 점찍었다는 무한궤도의 '그대에게'는 충격이었다. 신해철의 독무대와 같은 무한궤도의 모습을 보면서 "아⋯⋯, 저건 대학생이 내기 힘든 사운드인데."라며 되뇌고는 "내년에 출전해도 힘들겠다."고 생각했다.

그래도 입학 후 오랜 세월 마음속으로 준비한 대학가요제 출전을 위해 방송국에 테이프와 악보를 보냈다. 1차인지 2차인지 정동에 있는 문화체육관에서 수백 팀이 참가한 실연 심사까지 참여했다. 혹시 방송에 나갈지 모르니 깔끔해야 한다고 오래 기른 장발 머리를 자르고 나갔지만 결국 결선에는 나가지 못했다. 전년도에 무한궤도가 대상을 받아 록 밴드에게 또 대상을 주기 어렵고 심지어 결선행도 어렵다는 선배들의 얘기를 진심으로 받아들이며 돌아왔다.

아무튼 방송사에서 주최한 1989년 대학가요제에 출전했으니 나는 어엿한, 데뷔 30년이 되는 중견 음악인이다.

▶

1978년 제2회 MBC 대학가요제 결선무대에서 '그때 그 사람'을 부른
심수봉(본명 심민경)이 방송금지 해지 후 1984년에 발표한 앨범.
대한민국 노래방 대표 애창곡 중 하나인 '남자는 배 여자는 항구'를 비롯해
'그대와 탱고를' '당신은 누구시길래' 등이 실려 있다.
방미가 불러 크게 히트한 '올 가을에 사랑할거야'를 다시 부르고 있는데
이곡의 원래 주인공은 심수봉이다. 직접 주연한 영화
《아낌없이 바쳤는데》(1980)에서 자신이 작사 작곡하고 노래한
'순자의 가을'이란 제목으로 먼저 발표했다.

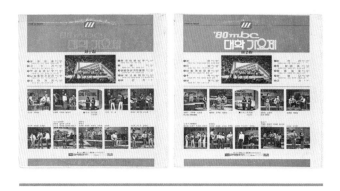

1) 대마초 파동

1975년 긴급조치 9호에 이어 12월 3일 대대적인 대마초 단속에 들어간다. 이때 이장희,
신중현, 김추자 등 가요계를 이끌던 유명 가수들이 모두 범죄자가 된다. 1977년 2차 대마
초 파동 때는 조용필, 하남석, 채은옥 등이 체포되면서 대중음악은 숨을 죽이고 암흑기에
들어간다. 이때 방송국마다 열린 대학가요제는 신인들의 등용문이 되어 가요계에 숨통을
트게 한다.

2) 아트 록Art Rock

비틀스 이후, 록을 바탕으로 클래식, 재즈, 사이키델릭 등 다양한 장르를 혼합해 실험적인
형식을 취하는 록의 장르 중 하나. 하나의 주제를 일관되게 다루는 콘셉트 앨범이 많고 예
스Yes, 킹 크림슨King Crimson, 제쓰로 툴Jethro Tull 등 영국 밴드가 주도한다. 클래식이
강조된 이탈리아 아트 록도 마니아를 중심으로 사랑받으며 뉴 트롤즈New Trolls, 라떼 에
미엘레Latte E Miele 등이 국내에서 사랑을 받는다.

심수봉 신곡 1집

남자는 배 여자는 항구 / 님이여

그대와 랑고롤

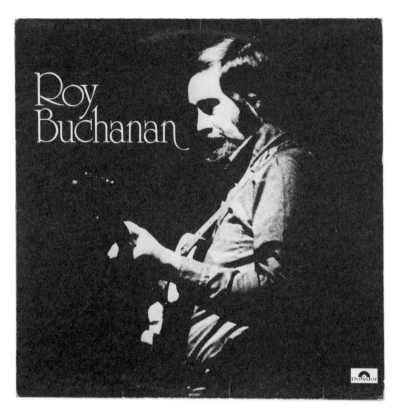

Roy Buchanan
Polydor ◆ 1972년 ◆ 성음(1985년), 2425-037

Side A	Side B
1. Sweet Dreams	1. Pete's Blues
2. John's Blues	2. Cajun
3. Haunted House	3. The Messiah Will Come
4. Hey, Good Lookin'	Again

무명 기타리스트의 고해성사

대중음악은 신중현, 조용필, 비틀스, 레드 제플린, 밥 딜런Bob Dylon 등 몇 몇 음악인과 밴드로 시대와 스타일을 나눈다. 20세기 초에 활약한 재즈, 블루스, 컨트리, 포크의 전설들이 있지만 위에 열거한 주요 음악인 대부분은 1960년대에 음악을 시작하고 그 영향 아래에 있다.

비틀스, 퀸, 레드 제플린, 이글스, 핑크 플로이드Pink Ployd, 킹 크림슨 등 전설의 록 밴드 멤버와 밥 딜런, 엘튼 존Elton John, 지미 헨드릭스, 폴 사이먼Paul Simon 등이 모두 1940년대 출생이다. 이들 대부분이 약관의 나이가 되는 1960년대에 음악의 길로 접어들고 이들이 뿌려 놓은 씨앗은 대중음악의 중요한 밑거름이 된다. 나의 뮤직 라이프는 이들의 음악을 길잡이 삼아 주변 음악을 찾아 듣게 되면서 형성되었다. 그때 음악을 먼저 듣고 알려준 선배들과 FM 라디오는 둘도 없는 선생님이자 은인이다. 선배들이 연주하는 음악을 찾아 듣고 라디오에서 디제이와 게스트가 추천하는 앨범을 메모해 두었다가 꼭 사서 들었다. 대부분 하드 록과 헤비메탈, 프로그레시브 록 계열이었고 블루스를 빛내는 기타 비르투오소(거장)들의 연주도 좋아했다. 지미 헨드릭스, 에릭 클랩튼Eric Clapton, 제프 백Jeff Back을 시작으로 비비 킹, 알버트 킹, 버디 가이 등 블루스의 전설들을 만났다.

지미 헨드릭스의 포스가 제일 강력했고 이는 지금도 유효하다. 영화처럼 살다 갑작스럽게 떠난 그의 앨범은 대중음악을 넘어 인류의 문화유산이다. 싸이가 '강남스타일'로 빌보드 차트를 석권한 2012년에 지미 헨드릭스의 판권이 유니버설 뮤직에서 소니 뮤직으로 넘어와 모든 앨범이 리마스터링과 리패키지되어 지금도 손쉽게 만날 수 있다.

중학교에 막 입학했을 때 동네 친구 형이 근방에서 제법 잘 나가던(?) 기타리스트였다. 레슨도 하고 밴드도 했던 형은 레드 제플린, 산타나, 레인보우 같은 록 밴드 곡을 주로 연주했는데 간혹 알 수 없던 블루스 곡도 있었다. 그 중 한곡이 'The Messiah Will Come Again'으로 제목도 모르고 누구의 연주인지도 모른 채 카세트테이프 데크에서 나오는 음악과 형의 기타 연주에 빠져들었다. 빠르게 연주하면서 속주를 자랑하는 것도 아니고 중간에 고양이 소리 같은 기타 소리가 나와 이게 기타인지 신시사이저인지 헷갈렸지만 너무나 감동적이었다. 형이 잠시 자리를 비운 사이에 악보를 들춰보니 한글로 '기타연주자 로이 부처난'이라고 적혀 있었다. 블루스 음악이어서 미국 흑인이 떠올랐지만 이름만 보고서는 인도나 동남아시아 출신의 느낌이 확 풍겼다. 그렇게 1982년, 천호동 친구네 집에서 처음 로이 부캐넌Roy Buchanan(1939~1988)을 만났다.

친구 형이 연주하고 테이프로도 들은 'The Messiah Will Come Again'은 알고 있던 블루스 기타리스트의 연주와 달리 로이 부캐넌만의 독특한 기타 음색이 인상적이었다. 섬광 같은 날카로운 피킹(오른손으로 피크를 잡고 연주하는 주법)과 울부짖는 듯한 격한 비브라토(왼손을 이용해 음을 떨리게 하는 주법), 그리고 감정을 억누르는 오르간 연주는 중학생의 마음을 흔들어 놓기에 충분했다.

전반부에 흐르는 로이 부캐넌의 내레이션은 메시아가 떠난 것을 슬퍼하지만 결국 메시아가 돌아올 것을 믿는 한 편의 신앙고백 같은 이야기다. 이 내레이션 때문에 가톨릭 신자가 사제에게 죄를 고하는 고해성사[1]처럼 들려 이 곡을 '기타의 고해성사'라고도 한다. 로이 부캐넌의 1972년 정식 데뷔작 〈Roy Buchanan〉에 실린 곡으로 라디오에서 전파를 타기 시작하다 국내 앨범 발매는 한참 후인 1985년에 음반사 성음에서 이뤄진다.

로이 부캐넌은 1939년 9월 23일 아칸소주 오자크에서 목사의 아들로 태어났다. 컨트리 뮤직[2] 스타일을 구사하고 맑은 기타 소리를 들려주면서 때에 따라 날카로운 연주가 가능한 '텔레캐스터'[3] 기타 톤 때문에 다른 블루스 기타리스트와는 좀 다르다. 타고난 기타 실력으로 10대 때부터 연주를 하는데 1950년대 'Suzie Q'로 유명한 데일 호킨스Dale Hawkins를 만나 그의 밴드에서 연주하며 주목을 받는다. 1960년대는 다른 아티스트와 밴드에서 세션을 하며 기타 고수의 길을 외롭게 걷는다.

그러던 중 로이 부캐넌도 영향 받은 일레트릭 기타의 화신 지미 헨드릭스가 1970년에 갑작스럽게 비명횡사한다. 그가 떠난 자리를 메워줄 누군가를 찾던 미국공영방송 PBS에서 이듬해 로이 부캐넌을 주인공으로 한 '세계 최고의 무명 기타리스트(The Best Unknown Guitarist In The World)'라는 다큐멘터리를 만든다. 이를 계기로 자신의 리더작을 만들게 되는데 라이브를 녹음한 비공식 앨범 〈Buch And The Snakestretchers〉를 1971년에 선보이고 1972년에 첫 앨범이자 대표작 〈Roy Buchanan〉을 발표한다. 당시 불붙은 하드 록의 맹폭을 피해 가지 못하고 흥행에는 실패하지만 블루스와 기타 마니아들에게는 꼭 들어야 하는 명반으로 평가받는다.

선수는 선수가 알아본다고 로이 부캐넌의 기타 연주를 듣고 세계적인 록 밴드 롤링 스톤스가 1974년에 스카우트 제의를 하지만 그 제안을 거절한다. 이때 로이 부캐넌에게 '돌(롤링 스톤스)을 밀어낸 남자(The Man Who Turned The Stones Down)'란 별명이 붙는다. 사색적인 그가 악동 클럽인 롤링 스톤스 멤버로 전 세계를 다니면서 거친 돌처럼 구를 수는 없었을 것이다. 로이 부캐넌은 폴리돌 레이블 이후 애틀랜틱과 앨리게이터 레이블에서 활동하면서 1980년대를 맞이한다.

펜더 텔레캐스터 톤이 두드러지는 연주를 만끽할 수 있는 〈Roy Buchanan〉에는 나른함이 전해지는 'Sweet Dream'을 시작으로 느린 블루스 곡 'John's Blues' 'Pete's Blues', 척 틸리Chuck Tilley의 보컬이 흥겨운 로커빌리[4] 곡 'Haunted House' 등이 수록되어 있다. 그런데 국내 성음 발매 반에는 'I Am A Lonesome Fugitive'가 빠진 채 발매된다. 컨트리 음악의 거장 멀 해거드[5]가 1967년에 발표한 노래를 커버했는데 가사 내용이 도망 다니는 범법자 이야기여서 앨범에 실리지 못한다. 앨범에 없어 당시에는 이 곡의 존재를 모르다 나중에 수입 CD를 통해 알게 되었다.

1980년대 로이 부캐넌은 상업적인 성공을 강요하는 음반사와의 갈등이 심해져 술과 약물에 빠져들며 파멸로 치닫는다. 몸 상태가 안 좋아 5년의 공백기를 가지다 1985년에 복귀하지만 결국 술에 취한 채 집에서 아내와 다투다 연행되어 유치장에 갇히는 신세가 된다. 그곳에서 로이 부캐넌은 자신이 입고 있던 셔츠로 목매달아 생을 마감한다. 서울올림픽이 열리기 한 달 전인 1988년 8월 14일 '세계 최고의 무명 기타리스트'가 그렇게 허망하게 떠나고 만다.

지금도 롤링 스톤스의 한 축으로 활동하는 기타리스트, 론 우드Ron Wood 자리를 로이 부캐넌이 차지했다면 어땠을까 생각해본다.

인생은 참 알 수 없다.

▶
펜더 텔레캐스터 기타를 사용하는 로이 부캐넌은 페달 이펙트(기타리스트가
발로 밟아 소리에 변화를 주는 기기) 사용을 최소화해 기타 본연의 소리를
들려준다. 1976년 텍사스에서 가진 라이브(유튜브)를 보면 기타 이펙트
하나 없이 펜더 앰프에 연결된 기타만으로 완벽한 연주를 해내고 있다.
특히 기타에 달린 볼륨 노브를 이용한 볼륨 주법은 가히 신의 경지다.

1) 고해성사告解聖事

가톨릭에서 세례성사를 받은 신자가 알게 모르게 범한 죄를 성찰(省察), 통회(痛悔), 정개
(定改), 고백(告白), 보속(補贖)이라는 다섯 절차를 통해 하느님께 용서를 받고, 교회와 화
해하는 7성사 중 하나이다.

2) 컨트리 뮤직Country Music

미국 남부 지방에서 백인들이 주로 연주하고 즐기는 전통 음악. 단순하면서도 리드미컬한
연주가 특징으로 피들과 기타가 연주의 중심을 이룬다. 백인 기타리스트들은 블루스 연주
안에 흥겨운 '홍키 통크' 스타일을 적절히 섞어 즉흥 연주를 구사했다.

3) 텔레캐스터Telecaster

기타 제조회사 펜더 사가 세계 최초로 대량 생산한 일렉트릭 기타 모델. 초창기에는 브로
드 캐스터Broad Caster로 불리다 텔레캐스터로 바뀐다. 소리가 맑고 청명하여 기타 본연
의 톤을 살려 연주한다.

4) 로커빌리Rockabilly

컨트리 뮤직이 결합된 흥겨운 초기 로큰롤 스타일. 간단한 악기 편성으로 1950년대 시작
되어 엘비스 프레슬리가 죽고 난 후 1970년대 복고 바람을 타고 다시 유행한다.

5) 멀 해거드Merle Haggard(1937~2016)

어려운 가정 형편과 범죄자의 삶을 이겨낸 미국 컨트리 음악의 거장. 그의 그룹 '더 스트레
인저스'의 기타리스트 로이 니콜스Roy Nichols(1932~2001)도 펜더 텔레캐스터의 달인으
로 로이 부캐넌과 많은 부분 유사하다. 1999년 '그래미 어워드 명예의 전당', 2006년 '그
래미 어워드 평생공로상', 그리고 2010년에는 '케네디센터 평생공로상'을 받는다.

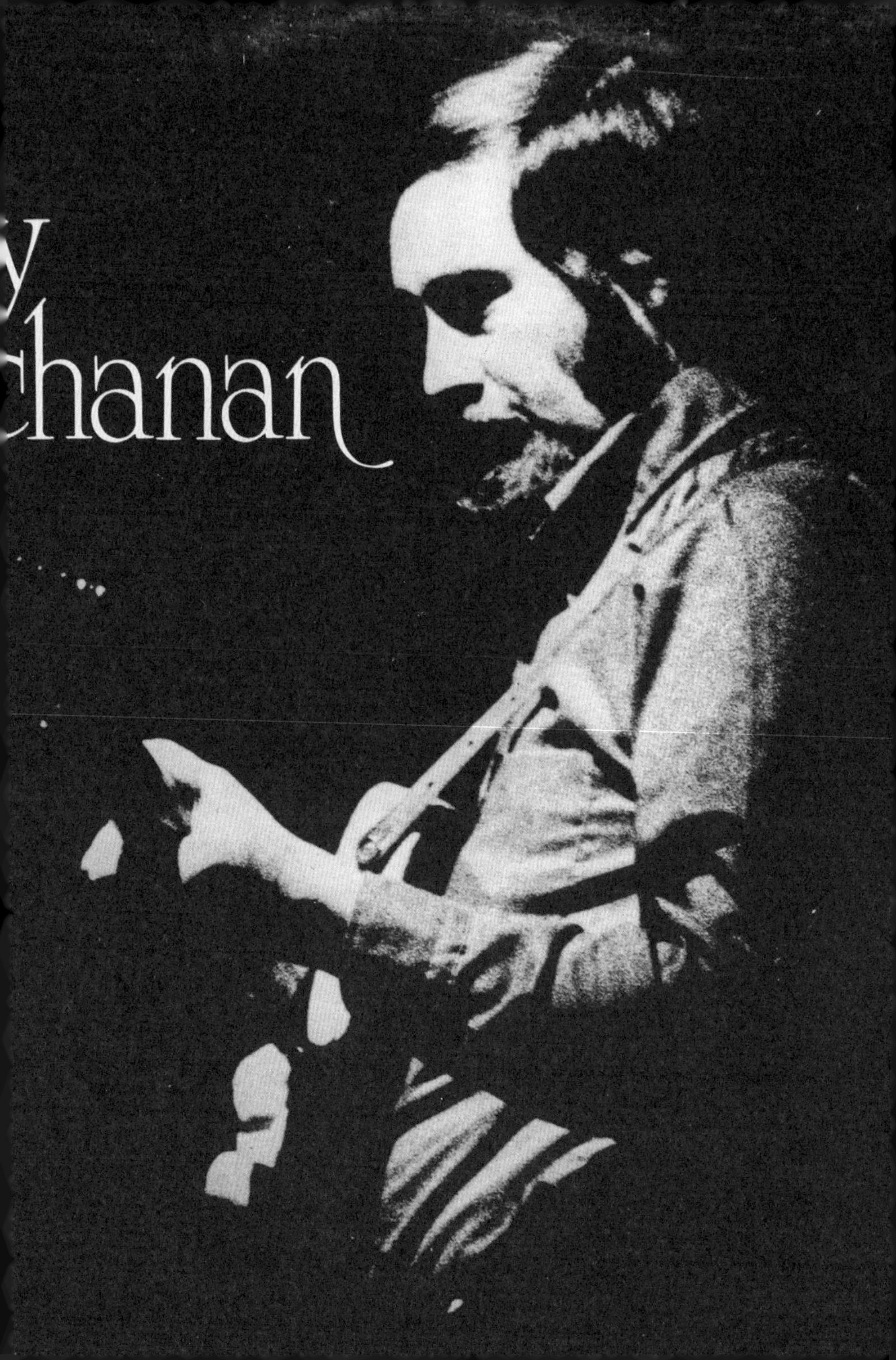
y
chanan

조동익 ~ 동경 (憧憬)

두레박 하나가득 물을담아 올리면
그속에 파란하늘 - 노란대문

조동익

킹레코드 ◆ 1994년 ◆ 하나뮤직(2012년)

Side A
1. 동경
2. 엄마와 성당에
3. 노란대문(정릉 배밭골
   '70)
4. 경윤이를 위한 노래

Side B
1. 동쪽으로
2. 물고기들의 춤
3. 함께 떠날까요?
4. 혼자만의 여행

엄마와 천호동 성당에

양친 모두 이북이 고향인 실향민이시다. 어머니는 평안남도 성천 태생으로 신의주와 평양에서 살다 피난 나오셨고, 아버지는 황해도 연백이 고향이다. 연백은 강화도 북서쪽에 있는 작은 섬 교동도에 가면 보이는 남한과 정말 가까운 곳이다. 아버지는 피란 나오신 후 결국 고향 땅을 못 밟고 돌아가셨다. 그래도 생전에 교동도와 강화도 전망대에서 연백 땅을 먼발치로 몇 번 보셨지만, 어머니는 그것마저 못 보고 계신다.

어머니는 아들이 짐작하기 힘든 아내, 며느리, 엄마 역할을 해내셨다. 장남 집에 시집 와서는 시부모님 모시고 연년생으로 3남매를 낳았다. 시어머니 그러니까 나에게 할머니는 병을 달고 사셨는데 돌아가시기 전에는 치매로 고생하시다 어머니 병간호를 받다 집에서 돌아가셨다. 이 땅의 어머님들이 다들 그러시지만, 어머니는 맞벌이에 병든 시어머니를 모시고 갖은 고생을 하셨다. 할머니가 돌아가시면서 오랜 병간호에서 다소 벗어나는 상황이었지만 그다음 해 아버지가 그만 뇌출혈로 쓰러지셨다. 내가 고1 때다. 어머니는 다시 철인이 되어 반신불수가 된 아버지를 간호했다. 그 사이 3남매를 키우고 결혼까지 일궈내셨다.

어머니가 가족의 생계를 위해 한 일은 보통 남자도 하기 힘든 일이다. 전혀 해 본 적 없는 집짓기를 여러 해 동안 하셨다. 그런데 지은 집이 팔리지 않으면 우리가 그 집에 들어가 살아야 했다. 그래서 1년에 세 번이나 이사를 하기도 하고 군 휴가를 나올 때마다 집이 바뀌어 있었다. 심지어 언젠가는 이사 간 집을 알려주지 않아 휴가 나와 집을 못 찾은 적도 있다. 그러고 보니 내가 벽돌 나르고 미장 보조하면서 지은 집이 강동구에 몇 채 된다.

이후에 어머니는 인삼 농사를 하셨다. 어머니를 따라 학창 시절부터 이일 저일 하고 아르바이트도 여러 개 했는데 최고로 힘든 일은 인삼밭에 들어가 비료 주는 일이다. 어머니는 이 일을 몇 해 하셨고 그때 무릎과 허리가 다 망가지셨다. 인삼밭은 도난 범죄가 잦아 수확 철에는 밭 근처에 컨테이너를 놓고 아버지와 신혼집 단칸방처럼 사시기도 했다. 그렇게 어머니는 우리 3남매를 사람 만들었고 아버지는 2016년 12월 우리 곁을 떠나셨다. 시아버지와 시어머니를 보내고 풍 맞은 남편 병간호를 30년 넘게 한 어머니의 삶은 어땠을까. 간혹 아이 엄마인 오 여사에게 말한다.

"여보, 나 쓰러지면 우리 엄마처럼 해줄 거지?"

"어림 반 푼어치도 없는 소리 하고 있네."

"······."

어머니는 독실한 가톨릭 신자다. 위에 얘기한 일들을 이겨낸 것도 성당을 다니면서 기도한 덕이 아닌가 한다. 덕분에 나는 어릴 때부터 성당을 다녔다. 지금이야 동네마다 성당이 있지만 1970년대에는 집 근처에 천호동 성당밖에 없었다. 태어나자마자 할머니 품에 안겨 유아 세례를 받고 암사동 둑방 길을 따라 30분은 걸어가야 있는 천호동 성당을 다녔다. 어머니가 쥐여주는 50원 연보 돈을 꼭 쥐고 가서 미사를 보고, 국민학교 3학년 때 첫영성체 교리를 받았다. 천호동 성당은 가파른 언덕 위에 있다. 주변 건물과 시설들은 리모델링해서 깔끔하지만 언덕길만은 지금도 그대로이다. 어머니는 3남매 중 막내인 나를 데리고 주로 성당을 가셨다. 천호동 골목길을 지나 언덕길을 올라 미사를 보고 내려오면 뭔가 착해진 느낌이었다. 어릴 때 어머니 손 잡고 가던 천호동 성당길, 그 따뜻한 느낌을 노래로도 들을 수 있다. 조동익[1]이 1994년에 발표한 앨범 〈동경(憧憬)〉에 실린 '엄마와 성당에'라는 노래다.

조동익은 탁월한 베이스 연주와 감각적인 편곡으로 1990년대를 빛낸 음악인이다. 이병우와 결성한 밴드 어떤날은 한국 대중음악의 한 획을 그으며 수많은 음악인에게 영향을 미쳤다. 안타깝게도 1집 〈어떤날 Ⅰ〉, 2집 〈어떤날 Ⅱ〉만을 발표하고 두 사람은 각자의 길을 걷는다. 이병우는 유학을 떠나고 돌아와서 기타리스트와 영화 음악 감독으로 입지를 다진다. 조동익은 베이스 연주, 편곡, 프로듀서로 수많은 앨범 제작에 이름을 올린다.

바쁜 음악인의 삶을 살던 1994년, 조동익은 자신의 이야기를 담은 앨범을 선보이는데 당시 재즈 기타리스트, 팻 메시니²⁾ 음악에 빠져 있을 때라 멋진 퓨전 스타일을 구사한다. 그런데 조동익의 〈동경(憧憬)〉은 LP로 제작되지 않았다. 1994년은 음반사들이 LP 발매를 거의 하지 않을 때라 카세트테이프와 CD로만 출시되었다. 어떤날과 조동익 팬들은 〈동경(憧憬)〉의 LP 발매를 기다렸는데 그 바람이 18년이 지나서야 이뤄진다.

2012년 6월에 열린 서울레코드페어³⁾에서 1990년대 언더그라운드의 중요 레이블인 '하나 음악 특별전'이 열렸다. 조동진 LP 미니어처 박스 세트⁴⁾와 그동안 한 번도 LP로 제작이 되지 않은 조동익의 〈동경(憧憬)〉이 비로소 팬들을 만났다. 한정반으로 당시 서울레코드페어 현장에서만 판매되어 지금은 구할 수 없는 LP가 되었다.

〈동경(憧憬)〉에 수록된 조동익의 '엄마와 성당에'를 듣고 있으면 40년 전 천호동 성당 언덕과 본당 안의 어두운 조명이 떠오른다. 가톨릭 성가 '주 하느님 크시도다'의 선율을 연주 중간에 넣은 조동익의 편곡은 정말 감동적이다. 앨범 타이틀 '동경'은 연주곡으로 조동익이 베이스는 물론 기타와 타악기까지 연주하며 자신의 모든 것을 녹여내고 있다. 어떤날의 이병우, 피아니스트 김광민이 함께 연주한 '경윤이를 위한 노래'는 소박하고 따뜻하다. 경윤이는 조동익의 딸 이름으로 이 세상 모든 딸들과 함께 듣고 싶은 곡이다. 앨범의 숨은 명곡 '함께 떠날까요?'를 듣고 있으면 지나가는 시간이 아까울 정도로 음 하나하나가 아름답다. 여행은 결국 집으로 돌아오기 위한 것임을 노래로 확인하게 된다.

무릎을 수술하셔서 걷기가 예전 같지 않지만 어머니 모시고 천호동 성당에 다녀와야겠다.

1) 조동익(1960~)

2017년 세상을 떠난 한국 포크 음악의 거장 조동진의 친동생으로 세련된 베이스 연주와 편곡으로 1990~2000년대 한국 대중음악의 수준을 한 단계 높였다는 평을 받는다. 기타리스트 이병우와 결성한 밴드 어떤날은 전설이 되었고 지금도 음악 작업을 멈추지 않고 있다.

2) 팻 메시니Pat Metheny(1954~)

미국의 재즈 기타리스트이자 작곡가, 밴드 리더. 어쿠스틱과 일렉트릭을 조화롭게 퓨전한 사운드는 전 세계 재즈 뮤지션과 마니아에게 지대한 영향을 주었다. 대중들에게 어필하면서도 음악적 실험을 게을리하지 않는 타고난 뮤지션이다. 그룹 외에 솔로, 듀오, 트리오, 쿼텟, 심지어 복잡한 기계장치를 이용한 솔로 프로젝트 '오케스트리온Orchestrion'으로 상상 이상의 음악 세계를 펼치고 있다.

3) 서울레코드페어

2011년 한국 최초로 열린 레코드페어로 전국의 음반매장과 음반사들이 참여해 다양한 음반과 상품들을 판매한다. 중고 LP가 중심을 이루며 레코드페어에서만 판매하는 한정반은 언제나 매진을 기록한다. 10~20대에게는 새로운 문화 상품으로 LP가 소개되는 행사다.

4) 엘피 미니어처LP Miniature

LP 시절의 향수를 재현하고자 LP 디자인을 그대로 축소해 만든 CD. 주로 1960~70년대 LP 시대 때 발매된 명반을 재발매할 때 사용하는데 2012년에 발매된 조동진의 박스 세트는 엘피 미니어처로 제작되었다.

Mötley Crüe

Elektra ◆ 1983년 ◆ 한국 빽판(블루커버, RK 82) Unofficial Release

Side A
1. In The Beginning
2. Shout At The Devil
3. Looks That Kill
4. Bastard
5. God Bless The Children
   Of The Beast
6. Helter Skelter

Side B
1. Red Hot
2. Too Young Of The Fall
   In Love
3. Knock Em Dead Kid
4. Ten Seconds To Love
5. Danger

학생, 좋은 거 보고 가

지금도 기억에 선명한 장면이 하나 있다. TV 뉴스를 보는데 성인 비디오테이프와 리어카에서 판매하는 카세트테이프 등 불법 소프트웨어를 산더미처럼 쌓은 후 불태우는 장면이다. 공무원이 민방위 모자를 쓰고 구호를 외치면서 공터에서 검은 연기를 풀풀 내며 태우는 모습인데, 현재 기준으로 보면 불법 복제물의 유해성보다 환경오염이 더 큰 문제가 될 일이다.

1990년대 초반까지 이런 뉴스가 정기적으로 등장할 정도로 주변에는 불법 소프트웨어가 넘쳐났다. 지금도 지하철역이나 유흥가 근처에서 좌

판을 펼치고 최신 영화 DVD를 불법으로 판매하지만 온라인 세상에서는 예전처럼 힘을 못 쓴다.

책과 영화보다 음악 듣기가 취미이자 특기인 나는 중학생 때부터 용돈을 아껴 LP를 샀다. 1980년대 중반 팝 라이선스 LP 가격은 3000원 정도로 중학생 용돈으로 사기에 적은 금액이 아니었다. 그러다 고등학교에 진학하고 '빽판'이란 걸 알게 되었다. 기타를 치고 친구들과 밴드를 하면서 자연스레 록 음악, 특히 헤비메탈에 빠져들었다. 그러나 과격한 이미지와 수위를 넘나드는 노랫말로 가득한 헤비메탈 앨범은 국내 라이선스 발매가 안 되거나 되더라도 몇 곡이 잘려 나오기 일쑤였다. 그때 같이 음악 듣던 친구들이 소개해 준 것이 온전히 모든 곡이 다 들어 있고 가격도 절반인 빽판이었다. 새로운 세계였다.

빽판은 현재 40~50대 음악 팬들에게는 미지의 음악 세계를 알려준 '무임승차권' 같은 존재다. '빽'은 'Back'을 강하게 발음한 것으로 '뒤에서 유통되는', 그러니깐 정상적인 제품이 아닌 뒤에서 은밀히 거래되는 것을 뜻한다. '판板'은 레코드를 뜻하는 것으로 CD가 아닌 LP를 얘기하며 '판', '판때기'라고 주로 불렸다.

해외 록 앨범이 라이선스로 발매되지 않으면 원판(수입 앨범)을 사서 들어야 하는데 당시 원판 가격은 1만 원 이상으로, 학생 신분으로는 언감생심 꿈도 못 꿀 가격이었다. 해외 출장 다녀온 아버지가 사주셨다며 주다스 프리스트Judas Priest의 일명 '면도날' 앨범인 〈British Steel〉을 자랑하던 친구가 있었다. 너무 부러워서 해외 출장 한 번 안 나가시는 아버지와 아버지가 다니는 회사까지 원망스러웠다. 이런 현실 속에서 빽판은 수많은 록 키드들에게 가뭄의 단비 같은 존재였다. 가격은 대략 1000~1500 원 선으로 판매처는 종로 청계천에 있는 세운 상가였다.

세운 상가는 맘만 먹으면 탱크를 만들 수도 있다는 소문이 있을 정도 로 당시 최신 전자 산업 기술력이 모여 있는 곳이었다. 둔촌 아파트에 살 때라 학생이 종로까지 간다는 게 쉬운 일은 아니었다. 주로 중간고사와 기말고사를 치르고 갔는데, 성적과 상관없이 일찍 끝나는 시험 날은 빽 판을 사러 갈 수 있어서 좋았다. 성적표가 나온 다음 닥칠 일은 생각지 않 고 홀가분한 마음으로 좌석버스 맨 뒤에 몸을 싣고 종로로 향했다. 빽판 사고 조금 일찍 가게를 나서면 대학로에 있는 뮤직비디오 감상실 MTV 에 들려 시원한 콜라 한 잔에 형들 나오는 뮤직비디오까지 봤다. 어둑해 진 저녁에 집으로 향하면서 '캬~ 인생 뭐 있나, 이게 행복이지'했다.

일반적으로 빽판 커버는 단색으로 인쇄되어 보기에도 '불법'스럽다. 곡 명이 적혀 있는 LP 라벨의 앞뒷면이 바뀌어 있거나 간혹 전혀 다른 앨범 의 라벨이 붙어 있는 경우도 있다. 곡 순서가 바뀌거나 곡명의 영문 철자 가 잘못 인쇄되는 정도는 애교로 넘어갈 정도로 제품의 하자가 많다. 그 러나 불법 덩어리인 빽판을 산다는 것은 고등학생이 경험할 수 있는 매우 짜릿한 일탈 행위였고, 그 안에 실려 있는 금속성 사운드는 나를 캘리포 니아에 있을 어느 공연장으로 안내했다.

저작권을 무시한 빽판이 저작권을 피해 가려고 앨범 커버를 단색으로 바꾼 것은 아니다. 제작비 절감을 위한 어쩔 수 없는 선택으로, 얇은 종이 에 주로 청색이나 녹색으로만 된 단색 인쇄를 했다. 그런데 세월이 지나 1980년대 음악이 복고 열풍에 힘입어 다시 주목을 받으며 빽판이 중고 음반매장이나 이베이(www.ebay.com) 같은 경매 사이트에서 거래되고, 몇

몇은 오리지널 앨범보다 비싸게 거래되기도 한다.

　나는 일본 헤비메탈 밴드 라우드니스Loudness, 기타리스트 잉위 맘스틴Yngwie Malmsteen이 있던 알카트라즈Alcatrazz, 헤비메탈의 터줏대감 주다스 프리스트, 신흥강자로 등장한 메탈리카Metallica 등 강한 앨범들을 주로 샀다. 고학년이 되면서 지미 헨드릭스, 에릭 클랩튼, 유라이어 힙Uriah Heep, 조지 해리슨George Harrison을 듣게 되었고 나중에는 재즈 빽판도 나와 몇 장 사서 들었다. 그때 산 빽판 중 100여 장 정도는 지금도 가지고 있는데 그중 베스트 한 장을 고르자면 머틀리 크루[1]의 〈Shout At The Devil〉이다.

　머틀리 크루는 짙은 화장을 한 4명의 멤버로 구성된 헤어 메탈[2]의 선두주자로 1981년 〈Too Fast For Love〉로 데뷔한 후, 1983년에 2집 〈Shout At The Devil〉로 확실하게 자리 잡는다. 밴드의 리더이자 베이시스트 니키 식스Nikki Sixx와 기타리스트 믹 마스Mick Mars가 만들어내는 심플하지만 중독성 있는 리프는 여타 라이벌 밴드보다 한 수 위다. 토미 리Tommy Lee의 시원한 드럼 연주는 머틀리 크루 사운드를 돋보이게 하고, 보컬리스트 빈스 닐Vince Neil은 5집 〈Dr. Feelgood〉까지 빼어난 노래를 들려준다.

　머틀리 크루의 2집 〈Shout At The Devil〉 초반 커버에는 악마주의 상징으로 쓰이는 펜타그램[3] 문양이 검은색으로 그려져 있어 논란이 일었다. 악마와 관련된 건 아니고 기성세대에 대한 불만을 표현한 정도였는데 결국 학부모 단체의 항의로 멤버 4명의 상반신이 들어간 커버로 바뀌게 된다. 그런데 빽판 커버는 초반도 재반도 아닌 어디에도 없는 '코리아

리미티드 에디션' 버전으로 초반 앨범 속지에 있는 사진을 사용했다. 단색으로 인쇄되어 조악한 사진이 더 거칠어 보이고 멤버들의 가죽 의상도 우스꽝스럽게 나왔다.

〈Shout At The Devil〉에는 머틀리 크루를 대표하는 'Shout At The Devil' 'Looks That Kill' 'Too Young Of The Fall In Love'가 실려 있고, 비틀스의 'Helter Skelter'도 커버했다. 가장 많이 들은 곡은 뒷면 첫 곡인 'Red Hot'으로 토미 리의 가공할 더블 풋 베이스 연주가 폭주한다. 그리고 이 곡으로 대학 그룹사운드 세마치(서울산업대 중앙 록 동아리로 1986년에 1기 결성) 4기의 기타 오디션을 봐서 더 애착이 간다. 머틀리 크루는 1980년대 내내 가십에 등장하며 사고도 많이 쳤지만 상업성을 강조한 미국을 대표하는 헤비메탈, 헤어 메탈 밴드로 우뚝 선다. 그러나 이후 음악계 판도가 바뀌면서 헤비메탈 사운드는 촌스러운 과거의 유물이 되어 머틀리 크루 인기도 예전 같지 않게 된다.

슬럼프를 지나 복고 바람을 타고 다시 활동을 재기하지만 결국 2015년 12월 31일 마지막 공연을 끝으로 밴드를 해체한다. 2019년 3월에 이들의 전기 영화《더 더트The Dirt》가 넷플릭스 영화로 상영되면서 다시 주목받는다.

머틀리 크루 음악과 함께 빽판의 추억이 깃든 세운 상가가 떠올랐는데 그 시절 세운 상가에서 빽판만 팔지는 않았다. 성인용 비디오테이프와 도색 잡지인 일명 '빨간책'도 유통되었고 호객 행위하는 '그분'들은 빽판 사러 오는 음악밖에 모르는 순진한 학생들을 주로 공략했다. 나는 빨간책에는 전혀 관심이 없는 듯 한눈팔지 않고 잰걸음으로 빽판 가게를 향했다. 세운 상가 일대는 상가 여러 개가 육교로 연결되는 구조로, 육교에는 유동 인구가 많아 그분들의 호객 행위는 다소 외진 지역에 집중되었다. 도로에서 바로 상가로 올라가는 계단 위에 그분들이 포진하고 있었다.

어느 날, 조금은 늦게 청계천에 도착했다. 시간이 없어 계단을 막 뛰어 올라가는데 어두운 2층에서 그분의 불신검문에 그만……. 지금 보면 뭐 그리 대단한 화보도 아닌데 질풍노도의 호기심 반, 범법자가 된 두려움 반이 혼재되는 카오스를 경험하며 빽판 2장 가격을 드리고 사진첩을 받아 왔다. 그래서일까 머틀리 크루 형들 노래를 들으면 그분의 작지만 선명한 목소리가 들린다.

"학생, 판 사러 왔어? 여기도 좋은 거 있어. 잠깐 보고 가~."

백판의 경우 만듦새가 떨어져 잡음이 많고
물건에 하자도 많았다. 다른 밴드의 LP가 들어
있거나 LP 가운데 있는 종이 라벨의 인쇄가 잘못
되는 경우도 간혹 있다. 그리고 정식 앨범 라벨에는
곡명과 함께 밴드 사진이 들어가는 등 화려하지만
백판 라벨은 동일한 디자인으로 투박하기
그지없다.

1) 머틀리 크루Mötley Crüe

1981년 미국 캘리포니아주 로스엔젤레스에서 결성된 4인조 헤비메탈 밴드. 머틀리 크루
는 '잡다하게 섞인 친구' 정도로 해석되며 중간에 들어간 '우믈라우트'는 큰 의미 없이 독
특하게 보이고자 넣었다고 한다. 성추문, 약물, 알코올, 폭행 등 사건 사고로 점철된 악동의
이미지가 강하지만 꾸준한 음악 활동으로 8000만 장 이상 앨범 판매를 기록한 실력파 밴
드다.

2) 헤어 메탈Hair Metal

1980년대 미국에서 유행한 헤비메탈의 하위 장르로 짙은 화장과 화려한 머리 스타일 때
문에 붙여진 용어로 글램메탈Glam Metal과 혼용해서 사용한다. 어둡고 거친 기존의 헤비
메탈과 달리 화려한 외모의 밴드 멤버들이 구사한 선명한 사운드와 대중 친화적인 쇼맨
십은 큰 사랑을 받았다.

3) 펜타그램Pentagram, Pentacle

오각형 별 모양을 말하는 것으로 고대 문명부터 신비하게 여겨졌으며 기독교에서는 예수
의 다섯 상처를 뜻한다. 그런데 별을 180도 뒤집으면 뿔 달린 염소 머리로 보여 악마를 상
징하기도 한다. 특히 원 안에 있는 별은 마법, 마력 등 주술적인 효과가 있다고 해서 부적
으로도 사용된다.

Ozzy Osbourne

Epic ◆ 1987년 ◆ 지구레코드(1987년), KJPL-0528

Side A
1. I Don't Know
2. Crazy Train
3. Believer
4. Mr, Crowley
5. Goodbye To Romance

Side B
1. Flying High Again
2. Revelation (Mother Earth)
3. Steal Away (The Night / With Drum Solo)
4. No. Bone Movies
5. Dee (Randy Rhoads Studio Out-Takes)

무지개 저편에서…

재즈 잡지를 시작한 지 올해로 만 20년이 되었다. 잡지를 시작한 후로 음악 관련 일들이 조금씩 늘어나 강의와 라디오 방송 외에 EBS〈스페이스 공감〉기획위원 및 여러 재단에서 추진하는 사업 심사와 평가를 맡고 있다. 이 모든 일이 월간《재즈피플》편집장을 맡고 있기 때문에 하는 일임을 알고 있다.

재즈 잡지 시작은 1998년 여름, 재즈 전문지《몽크뭉크》객원 필자로 참여하면서부터이고 이듬해 편집장을 맡게 되었다. 매달 잡지를 만들고 당시에는 재즈 CD까지 녹음해 부록으로 넣어서 한 달에 잡지 1권, 앨범

1장을 만들었다. 이렇게 정신없이 2~3년을 보내니 잡지 외에 일이 들어오기 시작했다. 잡지만 만들 때는 느끼지 못했는데 외부 일들이 조금씩 들어오니까 드디어 내가 관련 분야의 전문가가 되었다고 생각되었다. 그 첫 일이 앨범 속에 들어 있는 해설지인 '라이너 노트Liner Note'(해설지) 의뢰였다. 지금은 음원 중심으로 앨범 발매가 이뤄지다 보니 CD 발매가 많이 줄었지만 2000년대까지는 국내외 수많은 앨범이 CD 형태로 나왔다. 특히 재즈 같은 경우는 해외 앨범과 편집 앨범이 많아 라이너 노트가 필수였나. 1980년대 초까지는 전문 음악 칼럼니스트보다 음반사 직원이 직접 쓰는 경우가 많아 필자 이름 없이 문예부, 국제부, 기획부로 적히는 경우가 많았다.

라이너 노트는 비평보다는 아티스트와 음반사 입장에서 앨범을 구입한 분에게 정보를 제공하는 것이 먼저다. 글을 잘 쓰기 위해서는 앨범을 여러 번 듣고 이전 작들까지 챙겨 들어야 한다. 모든 라이너 노트를 그렇게 썼다고 장담은 못 하지만 2000년대 초반까지 한 달에 10건 이상 열심히 라이너 노트를 썼다. 지금은 온·오프라인 어디서나 음악 관련 정보를 얻을 수 있지만 예전에는 음악 잡지와 앨범에 실린 라이너 노트가 전부였다. 특히 라이너 노트는 앨범의 주인공인 아티스트(밴드)의 최신 정보를 알 수 있어 몇 번을 반복해서 읽었다.

중요한 밴드들은 라이너 노트의 내용을 따로 정리해 한눈에 알아볼 수 있는 기업의 조직도처럼 계보를 만들기도 했다. 이렇듯 라이너 노트는 음악 인생의 교과서였고 그중 자주 만나는 라이너 노트 필자는 전영혁[1]이었다. 후배 음악 평론가 한 명은 자기 음악 인생의 8할이 전영혁이라고 할 정도로 1980~90년대 음악 '쫌' 들은 분들을 전영혁 세대라 해도 과언이 아니다.

전영혁은 1980년 MBC-FM 〈박원웅과 함께〉에 게스트로 방송 일을 시작해《월간 팝송》편집장과 MBC-FM의 인기 팝 프로그램인 〈황인용의 영팝스〉 작가를 맡으면서 알려졌다. 차분한 목소리로 전하는 최신 음악 정보는 살과 피가 되었고, 그가 추천하는 앨범은 전쟁 중 암호를 해독하는 것처럼 하나도 빼먹지 않고 받아 적었다.

1986년 4월 29일, 본인이 진행하는 〈전영혁의 25시의 데이트〉를 시작으로 그의 '음악 세계'가 펼쳐진다. 오프닝 시그널 음악인 영국 밴드 아트 오브 노이즈Art Of Noise의 'Moment In Love'는 지금 들어도 가슴이 쿵쾅쿵쾅 뛴다. 희귀 앨범을 멘트 없이 통으로 틀거나 아티스트 기획, 25시 특선, 장르 특집 등으로 새벽 1시부터 2시까지 우리들을 깨어 있게 했다.

특히 헤비메탈과 아트 록 마니아들은 라디오를 끌어안고 잠들거나 〈전영혁의 음악세계〉 전체를 카세트테이프에 녹음해 들으며 반복 학습했다. 그때 어머니들이 다들 이렇게 말씀하셨다.

"이놈들아, 라디오 듣는 만큼만 공부해 봐라. 다들 서울대 가지."

뭐, 그래도 못 갔겠지만 암튼 전영혁이 방송 중 소개한 앨범은 판매로도 이어져 그의 영향력을 유감없이 보여주었다.

지금 읽으면 다소 감정 과잉된 글에 닭살이 돋기도 하지만 당시 '록 키드'들은 전영혁이 쓴 라이너 노트 문장 하나하나에 감정 이입되었다. 1980년대 쓴 라이너 노트는 문장을 외울 정도로 인상 깊어 앨범을 들을 때면 전영혁이 생각나기도 한다. 1985년 성음에서 발매한 블루스 기타리스트 로이 부캐넌의 〈Roy Buchanan〉과 듣도 보도 못한 속주로 일렉트릭 기타를 접수한 잉위 맘스틴의 〈Rising Force〉, 그리고 1987년 지구레코드에서 나온 오지 오스본[2]의 〈Tribute〉의 라이너 노트는 지금도 생각난다.

오지 오스본은 헤비메탈을 대표하는 밴드 '블랙 사바스Black Sabbath'의 창단 멤버로 활약하다 1979년에 독립해 자신의 그룹을 결성해 〈Blizzard Of Ozz〉와 〈Diary Of A Madman〉을 연이어 발표한다. 두 앨범에서 기타는 오지 오스본의 분신이자 헤비메탈 팬이라면 모두가 좋아하는 기타리스트 랜디 로즈[3]가 연주한다. 그가 연주한 'I Don't Know' 'Crazy Train' 'Mr, Crowley' 'Flying High Again' 등은 지금도 수많은 기타리스트에게 영감을 준다. 그런데 2집 〈Diary Of A Madman〉을 발표한 후 가진 투어 중 약물을 복용한 비행사가 운전한 경비행기를 탔다가 사고로 26세 나이에 세상을 떠나고 만다. 오지 오스본은 슬픔을 이겨내고 투어를 마무리하지만 팬들은 요절한 천재 기타리스트 랜디 로즈를 잊을 수 없어 생전에 그가 녹음한 라이브 앨범을 애타게 찾는다. 그 결실이 5주기를 맞아 1987년에 발표한 헌정 앨범 〈Tribute〉다.

이 앨범은 1981년 캐나다 라이브를 담은 실황 앨범으로 오지 오스본의 1, 2집과 블랙 사바스 시절의 곡이 실려 있다. 오지 오스본이 어릴 때 소아마비를 앓아 한쪽 다리가 불편한 랜디 로즈를 번쩍 들어 올린 커버는 록 역사상 손에 꼽히는 감동적인 사진이기도 하다. 오리지널 앨범은 2LP로 발매되었지만, 아쉽게도 국내 라이선스는 블랙 사바스 시절 노래를 제외한 1LP로 발매되었다. 앨범에 실린 모든 곡이 완벽하지만 B면 마지막에 실린 랜디 로즈가 어머니를 위해 만든 기타 솔로 곡 'Dee'의 아름다움을 넘어서지는 못한다. 라이브가 아닌 스튜디오에서 녹음한 곡으로 랜디 로즈의 육성도 들을 수 있는 소박한 어쿠스틱 기타 연주곡이다.

〈Tribute〉의 라이너 노트는 발매 당시 KBS-FM 〈1시의 데이트〉의 디제이 전영혁이 썼다. 절절한 슬픔이 담긴 그의 라이너 노트는 전국의 중고생 록 키드의 입술을 깨물게 했다.

…… 그제서야 랜디의 죽음을 시인하기 시작했다. 그 후 며칠간 난 아무것도 먹을 수 없었으며 잠시 눈을 붙일라치면 랜디의 투명한 눈망울과 용암같이 뿜어대는 기타 소리가 가슴속에 예리한 칼날처럼 박히곤 했었다.(중략)

"랜디는…… 죽은 게 아니야! 다만 무지개 저편에서 날 기다리고 있을 뿐이야……!!"

(전영혁 〈Tribute〉 라이너 노트 중 발췌, 1987. 3. 19)

1) 전영혁(1952~)

팝 칼럼니스트이자 라디오 디제이. 《월간 팝송》 편집장과 라디오 게스트를 거쳐 1986년
KBS 제2FM 〈25시의 데이트〉 디제이를 시작으로 〈음악세계〉 등 21년 간 전문 디제이로
2007년까지 활동한다. 기존의 라디오 방송에서 들을 수 없는 다양한 장르의 음악을 소개
해 심야 디제이이지만 팬덤까지 만들어졌다.

2) 오지 오스본Ozzy Osbourne(1948~)

영국 버밍엄 출신의 헤비메탈 보컬리스트로 1968년 헤비메탈 밴드 '블랙 사바스'를 결성
해 활동하다가 독립하여 자신의 밴드 '오지 오스본'을 결성해 지금에 이르고 있다. 박쥐를
물어뜯는 등 과격한 행동으로 비난을 받기도 하지만 오랜 세월 헤비메탈을 지키고 있다.
그가 주최하는 헤비메탈 페스티벌 '오즈페스트Ozzfest'는 1995년 이후 계속 이어지고 있
다. 부인이자 매니저인 샤론 오스본, 가수 겸 배우인 딸 켈리 오스본, 아들 잭 오스본이 나
오는 리얼리티 프로그램 '오스본 패밀리(The Osbournes)'가 2002~05년까지 미국 음악
채널 MTV에서 방영되었다.

3) 랜디 로즈Randy Rhoads(1956~1982)

헤비메탈 밴드 '콰이어트 라이엇Quiet Riot'과 '오지 오스본'의 기타리스트. 음악 교사였던
부모 덕에 어릴 때부터 피아노와 기타를 접했고 1979년 오지 오스 기타리스트로 발탁
된다. 투어 중 안타깝게 비행기 사고로 세상을 떠난다. 2004년 《기타 월드》 잡지에서 집
계한 '최고의 헤비메탈 기타리스트 100명'에 랜디 로즈가 4위에 오른다.

M을 켜는 고...
랜디가 경비행기 추락으...
했다. 도저히 믿을 수 없는 그 소식...이 끝나 굳게 닫힌...
N으로 향했으며, 근무시간이 끝나 굳게 닫힌...을 확인...
가 텔렉스에 둥그렇게 감겨있는 랜디의 타계소식을 확인...
시 둥그런 눈으로 날 쳐다보던 존 애덤즈(AFKN-DJ)에게 몇번이...
을 심문하는 투로 내던진 후 난 그제서야 랜디의 죽음을 시인하기 시작했...
며칠간 난 아무것도 먹을 수 없었으며 잠시 눈을 붙일라치면 랜디의 투...
망울과 용암같이 뿜어대는 기타소리가 가슴속에 예리한 칼날처럼 박히곤...

지난 3월 19일 랜디의 타계 5 주기를 맞아 수많은 애청자들이 답지해준 추모...
를 중심으로 난 귀중한 나의 프로그램 한시간을 송두리째 그에게 바칠 수 밖...
없었다. 그렇게라도해야 한쪽 다리가 부자연스러운 내가 속죄할 수 있을것 같았기에……
한 사지를 갖고도 무엇하나 이뤄내지못한 내가 너무도 괴로워 다신 그의 기타소리를 듣지않으리라...
가까스로 추모방송을 마친 난 너무도 괴로워 다신 그의 기타소리를 듣지않으리라...
맹세해놓고, 또 다시 필연처럼 그의 추모앨범 해설지를 쓰고있음은 왜일까?! 갖가지 상념끝에 난 스...
디를 떠올리면 슬프기보다는 즐거울 수는 없는것일까?! 갖가지 상념끝에 난 스...
스로 일어서기위해 향후 이렇게 되뇌이기로 했다.
"랜디는… 죽은게 아니야! 다만 무지개 저편에서 날 기다리고 있을뿐이야…!!"

1987. 3. 19. 〈팝 컬럼니스트/KBS·FM 한시의 데이트DJ / 전영혁〉

Nirvana

Geffen Records • 1991년 • 독일 초반, GEF 24425, DGC 24425

Side A
1. Smells Like Teen Spirit
2. In Bloom
3. Come As You Are
4. Breed
5. Lithium
6. Polly

Side B
1. Territorial Pissings
2. Drain You
3. Lounge Act
4. Stay Away
5. On A Plain
6. Something In The Way
   Cello

난, 너바나가 싫어요

군필자들은 제대 후 자신이 근무한 쪽으로는 소변도 보지 않는다고 한다. 푸념이자 너스레를 떠는 말이지만 남자에게 기나긴 군대 복무 기간은 애증의 시간이 아닐 수 없다. 점점 줄어들어 군 복무 기간이 육군 기준으로 21개월(2020년 18개월)이니 30개월을 복무한 40~50대분들은 지금 군대라면 한 번 더 갈 수 있다고 허풍을 떨기도 한다. 하지만 군대는 1년이든 6개월이든 단 1개월이든 다시 경험하고 싶지 않은 곳이다. 기회가 좋아 자신이 하던 일(전공)의 연장선인 보직을 맡으면 그나마 좋지만 군대와 연관된 일들은 대부분 운에 맡길 수밖에 없다.

나는 89학번이다. 재수를 안 했다면 88학번이어서 1학년 때 받는 군사 훈련인 문무대(육군학생군사학교의 별칭)에 입소해서 군 복무 기간이 줄었을 텐데, 현역 복무 기간 30개월을 꽉꽉 채웠다. 지금은 모두 없어졌지만 예전에는 고등학교에서도 군사훈련인 교련 수업을 받았다. 알록달록한 교련복을 입고 운동장에서 군사 제식훈련과 총검술을 배웠다. 여고생들은 삼각건과 압박붕대 매기 같은 군사훈련의 일종인 구급처치를 배웠다. 동네 여고생이었던 오 여사와 간혹 그때 교련 시간을 추억하기도 한다.

교련 과목 교사는 주로 예비역 군인이 맡았는데 대부분 검은 선글라스를 끼고 짧지만 단단한 지휘봉에 군복을 입고 있었다. 당시 다니던 고등학교는 왕십리에서 이전한 상황이라 학교 건물과 운동장이 제대로 갖추어지지 않아 교문을 나와 동네 공터를 찾아가서 교련 수업을 받기도 했다. 교련은 1968년 청와대 침투를 목표로 넘어온 간첩 김신조 사건을 계기로 1969년부터 필수 과목이 되었고 1994년까지 교내에서 군사훈련이 이어졌다.

대학에서도 교련 수업이 이어졌는데 일반 수업 외에 2가지의 특별 수업이 있었다. 남자 대학생들은 문무대와 전방 입소를 1, 2학년 때 가야 했다. 86학번인 형과 동네 형들 얘기를 들어보면 군사훈련에 들어가면 과 동기 여학생들이 면회를 왔다고 했다. 하지만 강압적인 군사훈련은 독재정권의 통제수단으로 쓰여 학생들은 폐지 투쟁에 나서게 된다. 대학생들의 전방 입소 반대 투쟁은 결국 분신 투쟁으로까지 이어지는 비극을 낳고 1988년이 돼서야 폐지된다.

대학 1, 2학년 동안 받는 교련 수업, 문무대와 전방 입소 훈련은 달콤한 보상을 해주기도 했는데 바로 군 복무 기간을 3개월 단축시켜 주는 것이다. 군 복무 경험이 있는 분은 모두 공감하지만, 말년 1주일은 졸병 때 1개월보다 더 길게 느껴지는 시간이다. 그런데 3개월이나 빼준다는 것은 정말 어마어마한 혜택이 아닐 수 없다. 그러다 보니 밑에 있던 후임병이 혜택을 받아 먼저 제대하는 일도 종종 일어났다.

89학번은 위에 설명한 군사 훈련이 없어지고 입학한 첫 학번이다. 그러니까 88학번은 2학년 때 들어가는 전방 입소 훈련을 받지 않고 문무대만 입소해 1달 반, 일명 '점반' 혜택을 받았고 89학번은 폐지된 교련 수업으로 아무 혜택도 받지 못한 학번이다. 나는 재수를 했기 때문에 친구들이 88학번이었는데 군대 입대해 자대배치를 같이 받은 동기 3명 중 2명이 88학번이었다. 1992년 제대할 때 동기 2명은 점반 혜택을 받아 10월에 제대했고 나만 30개월 꽉 채워 12월 추운 겨울에 부대를 나설 수 있었다. 한 달 반 먼저 부대를 걸어 나가는 동기에게 손뼉을 쳐주지 못한 것이 미안하지만 당시에는 도저히 그럴 수 없었다. 배가 너무 아파 동기들 제대하기 하루 전에 말년 휴가를 나오는 소인배 행동을 보이고 말았다.

군사훈련을 하지 않아 30개월 동안 있었던 군대 기간이 그래도 괜찮았던 것은 음악을 매일 하고 들을 수 있었던 군악대에 있었기 때문이다. 그것도 제주도에서 말이다. 요즘은 실용음악과 출신에 유학파까지 있어 군악대에 들어가려고 재수까지 한다는 얘기를 들었다. 내가 입대한 1990년대 군악대는 지금처럼 들어가기 어렵지 않았고 신병 교육대에서 필요한 인원을 뽑았다. 충북 증평에 있는 37사단에 입대해 군번 순으로 나누는 상황에서 나는 전투경찰(전경)로 차출되었다(2013년을 끝으로 전경은 없어졌다). 그러니까 국방부에서 내무부(행정자치부) 소속이 된 것이다. 신병 교육 후 충주에서 전경 교육까지 받은 후 전국의 경찰청으로 나뉘는데 어떤 행운이었는지 제주도로 배치가 되었다. 한 번도 가보지 못한 꿈의 섬 제주도, 결혼해야만 갈 수 있는 제주도를 나라에서 보내준 것이다. 충주에서 기차 타고 부산항에 온 후 난생처음 타는 큰 배를 10시간 넘게 타고 제주항에 내렸다.

제주도는 육군이 없고 해안 경비를 모두 전경이 담당했다. 지금은 어떤지 모르지만 내가 있었을 때만 해도 전경이 무척 많았고 군악대는 제주 경찰악대 '정훈난'이 유일했다. 제주도에서 기본 훈련을 받을 때 정훈단에서 신병을 뽑는다고 해 지원을 했다. 학교 밴드와 대학가요제에 나갔다는 경력으로 무난히 뽑혔고 그때부터 잠시 잊고 있었던 기타를 다시 연주했다. 그런데 군대 일은 한 치 앞을 알 수 없는데 베이스 왕고참이 제대하는 바람에 기타에서 베이스 기타로 주특기가 바뀌었다. 관악 행사일 경우에는 심벌즈를 연주했는데 정신 바짝 차려야 하는 아주 중요한 악기가 심벌즈다.

제주도 전역에 흩어져 있는 부대를 방문해 공연과 노래자랑을 진행해야 하는 여름이 제일 힘들고 겨울에는 고아원, 양로원 위문 공연이 많았다. 내가 내무반장이었던 1992년에는 제주도 출신 가수인 진시몬이 부대로 전입되어 와서 6개월을 함께 지내기도 했다. 유명 가수가 부대에 있어 최고로 바쁜 스케줄을 소화했다. 그리고 제주도 정훈단에 관악 파트가 있어 색소폰, 트럼펫, 트롬본을 만나게 되어 재즈와 가까워지는 시간이기도 했다. '고참'일 때 좀 더 열심히 관악기를 배워둘 걸, 후회되지만 어쨌거나 당시 빅밴드 사운드와 관악기 연주에 푹 빠질 수 있었다.

정훈단 내무반 시절을 떠올리면 생각나는 밴드가 하나 있다. 1991년

말 '작대기 3개'인 상경 즈음 되었을 때 등장한 '너바나'[11]다. 음악을 듣고 연습해야 하는 보직이어서 워크맨 소지가 가능했고 자연스럽게 라디오를 편하게 들었다. 당시 막 시작한 〈배철수의 음악캠프〉는 저녁 시간에 자주 듣는 프로그램으로 최신 팝의 동향을 잘 소개해 주었다. 그런데 1980년대 인기 있었던 헤비메탈과 마이클 잭슨 음악을 한방에 보내버린 밴드가 라디오에서 계속 나오는 것이 아닌가. 거친 사운드는 매력이 있었지만 다듬어지지 않은 연주는 아마추어 같은 느낌이 강했다. 그런데 1992년 한 해 동안 국내외에서 너바나 열풍을 불러일으켰고 얼터너티브[2], 그런지 록[3]으로 불리면서 비슷한 스타일의 록 밴드와 함께 하나의 '씬'을 형성했다. 그러니까 난 군대에서 너바나의 음악을 처음 들었다.

좋아하던 음악이 한번에 허물어지는 것을 목격하면서 안타까웠지만 1990년대 음악은 그렇게 변하고 있었다. 그래서 지금도 너바나의 명반인 2집 〈Nevermind〉의 'Smells Like Teen Spirit'를 들으면 제주시 노형동에 있는 정훈단 내부반의 침상에 누워 듣던 라디오가 떠오른다. 3집 〈In Utero〉까지 나오면서 너바나 세상이 되지만 나는 그들의 음악이 듣기 싫었다. 마침 재즈와 가까워진 시기이기도 해서 표면적으로는 너바나의 심플한 구조가 재미없었다.

그러다 커트 코베인이 1994년 4월 5일 27살의 나이로 권총 자살을 한 후에야 제대로 듣기 시작했다. 1달러짜리 지폐를 보고 물 속을 헤엄치는 아기의 모습이 여러 가지를 상징하는 〈Nevermind〉의 커버는 지금도 센세이션하다. 당시 너바나 멤버들로 이런 모습을 연출하려다 그림이 안 나와 아기 사진으로 쓰게 되었다고 한다. 타이틀 곡 'Smells Like Teen Spirit'를 비롯해 'Come As You Are' 'Lithium' 'In Bloom' 등이 싱글로도 히트를 기록하고 마이클 잭슨의 〈Dangerous〉를 앨범 차트에서 끌어내리고 1위에 오른 것은 팝 역사의 흐름을 바꾼 일이다. 마이클 잭슨은 이때부터 슬럼프에 빠지게 되고 록은 새로운 시장이 열리게 된다.

1969년생에 89학번이니 나는 386세대의 막내다. 지금은 3자를 빼고 86세대라고 하지만 한동안 컴퓨터 운영 체제의 일종인 386을 빗대어 30대, 80년대 학번, 1960년대에 출생한 이들을 386세대라고 불렀다. 학창 시절 운동권에서 치열한 투쟁을 하거나 그것을 목격한 이들로, 정치에 새 바람을 일으키며 등장해 1990년대 후반부터 사용된 용어다. 신문에서 읽었는데 386세대는 한국전쟁은 물론 4·19와 5·16 등 한국 근대사의 치열한 격변기를 직접 거치지 않은 세대라고 한다. 386세대 막내인 나는 80년대 초반 학번 선배와는 또 다른 정서를 가지고 있다. 교련 수업은 있었지만 86아시안게임과 88서울올림픽을 학창 시절에 접하고 이를 통해 업그레이드된 사회 시스템을 경험한 세대다.

너바나가 유행하던 1990년대 초는 X세대가 유행할 때로, 기성세대에 극도로 불만을 가진 10대들은 너바나의 혼란스러운 음악에서 자신의 미래를 봤을지 모른다. 국내에서는 서태지가 그런 역할을 했지만 말이다. 너바나의 리더 커트 코베인은 자신의 음악이 X세대의 상징이 되는 것에 불만을 표하고 유명해지는 것도 싫어했다고 한다. 그가 생전에 한 말인 "난 존 레논을 숭배하길 원했지만 링고 스타의 익명성도 갖길 원했다."고 한 말의 의미를 알 것 같다.

1) 너바나Nirvana

너바나는 '열반'이란 불교 용어로 1987년 미국 워싱턴주 애버딘에서 결성된 얼터너티브 록 밴드이다. 음악을 넘어 1990년대 X세대와 얼터너티브(대안) 문화의 상징으로 평가받는다. 보컬과 기타의 커트 코베인Kurt Cobain, 베이스의 크리스 노보셀릭Krist Novoselic, 드럼에 채드 채닝Chad Channing 3인조로 1989년 1집 〈Bleach〉를 발표한다. 채드 채닝 탈퇴 후 데이브 그롤Dave Grohl이 드럼에 영입되어 발표한 2집 〈Nevermind〉로 1990년 대는 너바나 세상이 되지만 커트 코베인이 1994년 4월 5일 권총 자살하며 너바나의 짧은 활동은 막을 내린다.

2) 얼터너티브Alternative

대안, 대체를 뜻하는 단어로 주류 음악 시장의 규칙과 관습적 사운드를 거부하는 음악 태도를 총칭한다. 1990년대 너바나를 중심으로 새롭게 등장한 록 음악에 주로 사용되지만 특정한 음악 장르라기보다 음악을 대하는 자세나 방식으로 보는 것이 타당하다.

3) 그런지 록Grunge Rock

얼터너티브 록의 한 장르로 게릴라처럼 등장한 너바나, 펄 잼Pearl Jam, 사운드가든Sound garden, 앨리스 인 체인스Alice In Chains 등이 대표적이다. 커트 코베인으로 상징되는 길고 헝클어진 머리카락에 물이 빠진 청바지, 헐렁한 체크 셔츠, 낡은 티셔츠 패션으로 무대에 올라 강렬하지만 공허한 음악을 토해냈다. 80년대라는 과잉의 시대를 지나 90년대 물질 만능의 소비주의와 엘리트주의 사회를 사는 젊은이의 염세주의, 좌절 등을 음악으로 표현했다.

Various

Adam VIII Ltd. ◆ 1974년 ◆ A8R-8012

Side A

1. George McCrae – Rock Your Baby
2. Four Tops – Ain't No Woman
3. Isaac Hayes – Wonderful
4. Curtis Mayfield – Future Shock
5. The Spinners – I'll Be Around
6. The Dells – I Miss You
7. B.B. King – I Like To Live The Love
8. Staple Singers – I'll Take You There
9. Soul Children – I'll Be The Other Woman
10. Ecstasy, Passion & Pain – Good Things Don't Last Forever

Side B

1. Kool & The Gang – Funky Stuff
2. Gladys Knight & The Pips – Midnight Train To Georgia
3. The Moments – Sexy Mama
4. The Impressions – Finally Got Myself Together
5. The Whispers – A Mother For My Children
6. Natural Four – Can This Be Real
7. Bobby Blue Bland – Goin' Down Slow
8. Johnnie Taylor – Cheaper To Keep Her
9. Sylvia – Pillow Talk
10. Honey Cone – One Monkey Don't Stop No Show

논스톱 더 뮤직, 쏘오울 트레인

인터넷이 없고 해외 문화가 본격적으로 수입되기 전인 1970~80년대에 해외 방송을 만날 수 있는 통로는 AFKN이 유일했다. 유튜브와 넷플릭스로 전 세계 화제 영상뿐 아니라 영화와 드라마를 안방과 손안에서 즐길 수 있는 시대에 미군에서 한 번 검열하고 송출하는 방송이 지금 보면 별거 아니지만, 당시에는 유일한 문화 해방구였다. AFKN은 주한미군이 운영하는 방송으로 현재는 AFN Korea라는 명칭이 공식 용어이지만 40대 이상은 다들 AFKN으로 알고 있다.

AFKN은 1957년 유선 채널로 방송을 시작해 1960~90년대까지 국내 문화 전반, 특히 방송 문화와 음악에 큰 영향을 미쳤다. TV를 제한적으로 볼 수밖에 없었던 브라운관 TV 시대에 지상파 방송 채널 2번은 미지의 세계였다. 방송을 트는 순간 안방과 거실은 바로 미국이 되었다. 아날로그였던 예전 TV는 리모컨이 없어 채널을 손으로 돌려야 했다. 식구들 모두 채널 노브를 하도 돌려대는 바람에 헐거워지고 심지어 빠져버려 TV 옆에는 빠진 채널 노브 대신 잡고 돌리라고 '뻰찌'(펜치)가 하나씩 있었다.

요즘은 TV가 2대 이상 있는 집도 많지만, 당시는 안방에 한 대뿐이었고 다시 보기 같은 것도 없었으니 정해진 시간에 온 가족이 모여 TV를 시청했다. 막내인 나는 리모컨이 되어 TV 옆에 앉아 주문대로 채널을 계속 돌려야 했는데 채널을 돌리다 보면 VHF 채널 2번인 AFKN을 지나야 했다. 밤에는 간혹 수위가 다소 높은 영화나 오락프로가 나오기도 해서 채널 돌릴 때 언제나 긴장했고 부모님과 함께 볼 때는 어색한 분위기를 방지하기 위해 초고속으로 채널을 돌려야 했다.

AFKN은 한국에 주둔해 있는 미군, 유엔군 장병과 가족을 상대로 하는 방송으로 그들의 사기를 북돋는 것이 목적이다. 하지만 TV만 있으면 볼 수 있는 지상파 방송이어서 일반 가정에서도 시청이 가능해 국내에 알려지지 않는 해외 소식과 미국 문화의 첨병 역할을 했다. 그리고 영어 공부에 도움이 된다고 해서 억지로 보게 하는 집도 있었는데 우리 집은 가끔 어린이 프로그램인 〈세서미 스트리트Sesame Street〉를 틀어놨다.

1970~80년대는 TV가 종일 방송을 하지 않고 오전 6시에 시작해 정오에 오전 방송이 끝나고, 저녁 6시에 저녁 방송을 시작해 새벽 1시까지 했다. 지금은 상상할 수 없는 일이지만 낮에는 '브레이크 타임'으로 방송이

나오지 않았다. 그런데 AFKN만은 24시간 종일 방송을 했다. 미국에 있는 여러 방송국에서 보내주는 프로그램과 주한미군이 자체 제작하는 뉴스를 기본으로 편성했다. 드라마, 음악, 영화, 다큐멘터리, 토크 쇼, 코미디, 퀴즈 등 미국 유명 프로그램이 편성되었고 그래미 어워드, 아메리칸 뮤직 어워드, 아카데미 어워드 같은 시상식도 AFKN을 통해 생생한 장면으로 만날 수 있었다. 영국의 유명 코미디언 베니 힐의 능청맞고 우스꽝스러운 연기와 섹시 컨셉을 강조한 코미디는 한국에서는 전혀 볼 수 없는 장면이었다. 많은 프로그램 중 흑인 음악의 결정판을 만날 수 있었던 〈쏘울 트레인Soul Train〉도 빼놓을 수 없다.

칙칙폭폭 신나게 달려 나가는 기차가 심볼 마크인 쏘울 트레인은 1971년부터 2006년까지 방영된 장수 프로그램이다. 당시 인기 있는 R&B, 쏘울, 팝, 디스코 등 흑인 감성이 짙은 밴드와 가수가 출연해 라이브와 립싱크로 멋진 무대를 꾸며 주었다. 그리고 2열 종대 사이를 남녀 1명씩 걸어 나오며 춤을 추는 라인 댄스는 가장 '핫'한 춤을 볼 수 있는 기회였다. 춤에는 영 재주가 없어서 보는 것으로 만족했지만 흑인들의 춤사위는 입을 못 다물 정도로 놀라웠다.

여성 댄서들의 인기는 가수들 못지않았는데 1990년대 영화배우로도 성공하는 로지 페레즈Rosie Perez는 배우 전에 쏘울 트레인에서 파격적인 춤으로 사랑을 받았다. 힙합 댄스에 지대한 영향을 끼친 캠벨락킹11) 댄스의 창시자 돈 캠벨Don Campbell과 콤비를 이뤄 쏘울 트레인 무대를 뒤집은 락킹의 대모 다미타 조 프리먼Damita Jo Freeman도 빼놓을 수 없는 전설적인 쏘울 트레인 댄서다.

쏘울 트레인은 프로그램을 만들고 진행까지 맡은 돈 코넬리우스[21]의 공이 가장 크다. 원래 직업은 경찰관이었는데 묵직한 저음 하나로 흑인 방송 아나운서에 발탁된 후 1971년에 〈쏘울 트레인〉을 론칭한다. 백인 중심의 가치관에서 흑인을 해방하기 위해 1960년대 중반에 일어난 '검은 것이 아름답다(Black Is Beautiful)'라는 캠페인의 음악적 해석의 하나로, 특히 흑인에게서 빼놓을 수 없는 음악과 춤으로 가득한 쏘울 트레인은 방송을 타자마자 주목받고 백인뿐 아니라 전 세계에 팬을 가지게 된다. 돈 코넬리우스는 흑인 음악으로 구분되는 R&B, 쏘울, 디스코의 전성 시기에 쏘울 트레인을 몰며 논스톱 위문 공연을 다녔다. 1993년까지 프로그램을 진행하고 쏘울 트레인 기차는 2006년에 멈추게 된다.

〈Soul Train Super Tracks〉는 1973~74년 쏘울 트레인에서 사랑받는 아티스트의 노래를 모아 놓은 히트곡 모음집이다. 1970년대 초반 흑인 음악의 매력을 만끽할 수 있는 백만 불짜리 LP다. 빌보드 1위에 오른 조지 맥크레이George Macrae의 'Rock Your Baby'를 시작으로 커티스 메이필드 Curtis Mayfield의 'Future Shock', 쿨 앤 더 갱의 'Funky Stuff', 글래디스 나이트 앤드 더 핍스Gladys Knight & The Pips의 'Midnight Train To Georgia' 등 앞뒷면 10곡씩 총 20곡이나 실려 있다. 뒷면 9번째 곡으로 수록된 'Pillow Talk'는 힙합을 대중화한 슈거 힐 레코드 설립자 실비아 로빈슨 Sylvia Robinson의 감미로운 노래로 R&B차트 1위에 오른 히트곡이다.

쏘울 트레인이 1970년대를 상징한다면 1980년대를 상징하는 음악프로그램은 〈솔리드 골드Solid Gold〉다. 흑인 음악 전문 방송인 〈쏘울 트레인〉과 달리 〈솔리드 골드〉는 대중적인 팝 음악을 다루었으며 비록 립싱크가 주를 이루었지만 밴드와 가수가 출연하여 무대를 꾸몄다. 그리고 〈솔리드 골드〉는 독자적인 순위를 발표했는데 순위에 오른 가수가 출연하지 않고 음악을 배경으로 솔리드 골드 댄서들이 춤을 추는 콘셉트로 진행했다. 인터뷰와 순위 발표 등 프로그램 내 꼭지가 많아 진행자의 역할이 중요했는데 1980년대 중반 진행을 맡은 비지스The Bee Gees의 막내동생, 앤디 깁Andy Gibb의 풀어헤친 셔츠로 보이는 가슴팍과 바람머리는 지금 봐도 멋지다.

〈Original Solid Gold Collection〉은 성음에서 1983년에 발매한 라이선스 앨범으로 마이클 크레투Michael Cretu의 'Moonlight Flower', 아이린 카라Irene Cara의 'Out Here On My Own', 크리스 디 버그Chris De Burgh의 'The Girl With April In Her Eyes', 로저 달트리Roger Daltrey의 'Without Your Love' 등 당시 음악 감상실 신청 상위에 랭크되어 있는 16곡이 수록되어 있다.

▶

음반사, 장르, 아티스트, 매체 별로 제작된 편집앨범과 라디오,
TV 프로그램의 주요곡이 담긴 편집앨범은 음악 감상에 큰 도움이 된다.
〈솔리드 골드〉와 〈쏘울 트레인〉은 연도 별로 편집앨범을 발표해
사랑받았다. 이런 편집앨범은 디제이가 있던 음악 감상실의 필수품이었다.

1) 캠벨락킹Campbellocking

힙합 댄스의 한 장르로 1970년대 초 댄서 돈 캠벨이 LA의 나이트클럽에서 만든 '락'이
라 불리는 즉흥적인 스텝 형태에서 시작되었다. 동작이 마치 자물쇠가 찰칵 하고 잠기듯
(Lock) 몸이 툭 하고 멈추는 것이 특징으로 현재 힙합 댄스의 기본 중 하나이다.

2) 돈 코넬리우스Donald Cortez Cornelius(1936~2012)

1936년 시카고에서 태어난 쇼 진행자이자 프로듀서. 1971년부터 2006년까지 방영된 〈쏘
울 트레인〉을 만들고 흑인 음악이 대중들에게 소개되는 첨병 역할을 했다. 은퇴 후 캘리
포니아에서 지내다 자택에서 권총 자살로 생을 마감해 충격을 주었다.

polydor

ORIGINAL
SOLID GOLD
COLLECTION

SANTA ESMERALDA
STARRING LEROY GOMEZ

ANDY GIBB &
OLIVIA NEWTON-JOHN

GRAHAM GOULDMAN

LANI HALL

CHRIS DE BURGH

ABBA

King

...le Singers

...urtis Mayfield

The Impressions

Gladys Knight & the Pips

...ichael

JOHN TRAVOLTA ★ **The Bells** ★ **MARMALADE** ★ **IRENE CARA** ★ **THE NEW SEEKERS**

Isaa...

The Whispers

Soul Children

George McCrae

Ecstacy, Passion & Pain

Bobby Blu...

시인과 촌장
서라벌레코오드 ◆ 1986년 ◆ VIP-20028

Side A
1. 푸른 돛
2. 비둘기에게
3. 고양이
4. 진달래
5. 얼음 무지개

Side B
1. 사랑일기
2. 떠나가지마 비둘기
3. 매
4. 풍경
5. 비둘기 안녕
6. 고향의 봄

이제 돌아와 줘, 비둘기

2019년 1월 26일 마포아트센터에서 '동갑, 동감: 이정선 & 유지연 콘서트'가 있었다. 이정선과 유지연은 1970~80년대 대중가요에서 활약한 기타리스트이자 자신의 음악을 발표한 싱어송라이터이다. 이정선은《이정선의 기타 교실》이라는 기타 교본으로 음악 지망생의 길을 비춰주었고 포크 그룹 해바라기와 신촌블루스에서 연주와 솔로 활동을 한 한국 포크·블루스의 살아 있는 전설이다. 그리고 오랜 세월 동덕여대 교수로 수많은 음악인을 키워냈다. 유지연은 1978년 정태춘의 히트곡 '시인의 마을'에서의 기타 연주를 시작으로 포크 계열 앨범 프로듀서와 연주를 맡아 감수성 넘치는 기타리스트로 이름을 알린다. 1985년에 '던져진 동전이 굴러가듯이, 새들이 하늘을 날아가듯이'라는 노랫말로 알려진 '사랑과 평화'를 만들고 불러 뒤늦게 사랑을 받기도 했다.

기타 연주와 노래로 한 시대를 풍미한 두 거장은 2019년 초에 처음으로 무대에 같이 올랐다. 그 시절 그들의 음악을 들었던 음악 팬들이 대거 공연장을 찾았고 처음 보는 얼굴이어도 서로 눈인사를 하며 감동을 나누었다. 나도 공연 소식을 듣자마자 달력에 표시하고 기다렸다. 같은 날 오후에 재즈 공연이 있어 약간 위험했지만, 재즈 공연이 끝나자마자 서둘러 나와 마포에서 두 분의 공연을 봤다.

그런데 솔직히 말하자면 '동갑, 동감: 이정선 & 유지연 콘서트'를 기다린 이유는 게스트로 출연하는 '시인과 촌장' 때문이었다. 시인과 촌장은 음악이나 앨범으로도 채워지지 않는 메마른 학창 시절을 그래도 버티게 한 내 인생에서 아주 중요한 한 부분이다. 이정선과 유지연의 노래와 연주가 좋았지만, 게스트로 중간에 나온 시인과 촌장의 무대가 끝나는 순간 인생의 한 부분을 되찾은 감동과 짧은 공연의 아쉬움이 섞여 그만 눈물을 흘리고 말았다.

시인과 촌장은 팀 이름부터 맘에 들었다. 심지어 하덕규[1]와 함춘호[2] 둘의 이름도 뭔가 예술적으로 다가왔다. 처음에는 시인과 촌장의 '시인'이 도시를 벗어나 시골에 살며 시를 쓰는 '시인(詩人)'인 줄 알았다. 그런데 나중에 알고 보니 시인(詩人)이 아닌 시인(市人)이었다. LP 뒷면에 한자로 적혀 있지만 눈에 잘 들어오지 않는다. 그렇지만 뭐 어떠랴 시인과 촌장은 노래하는 시인이고 실제로 하덕규는 1990년에 시집《내 속엔 내가 너무도 많아》까지 출간했으니 말이다.

'시인과 촌장'은 소설가 서영은이 신군부에 의해 강제 폐간되기 직전 인, 1980년에 출간된 《창작과비평》 여름호(통권56호)에서 발표한 단편소 설 제목이다. 고향을 떠나 방황하던 하덕규의 젊은 시절을 표현하는 말 이기도 하다. 시인과 촌장을 하덕규와 함춘호의 듀오로 알고 있지만 첫 시작은 함춘호가 아닌 하덕규의 친구, 오종수였다. 하지만 1981년에 발 표한 시인과 촌장 1집은 주목받지 못하고 오종수의 탈퇴와 하덕규의 방 황으로 끝나고 만다. 이렇게 1집은 사장되고 마는데 당시 5공화국의 슬 로건인 '새 시대'에 맞지 않은 어두운 정서도 한몫했으리라 본다.

나도 시인과 촌장 1집에 대한 기억은 없고 하덕규의 노래를 처음 만난 건 1984년 솔로 1집 〈하덕규 신곡집〉에 실린 '진달래'의 애절한 목소리와 〈우리노래 전시회 / 8인 옴니버스〉에 실린 '비둘기에게'다. 양희은이 부 른 '찔레꽃 피면'과 '한계령' 그리고 1985년에 큰 사랑을 받은 남궁옥분 의 '재회'가 하덕규의 작품이란 것도 알게 되었다. 아트 록 밴드의 보컬리 스트처럼 노래한 '꽃을 주고 간 사랑'도 새로웠다. 이렇게 하덕규의 작품 집 형태로 나온 남궁옥분의 〈Vol. 1〉 히트 덕분에 하덕규는 다시 음악의 길을 걷게 되고 이 앨범에 기타리스트로 참여한 함춘호와 시인과 촌장 2 기를 결성해 2집 〈푸른 돛 / 사랑일기〉(1986)를 발표한다.

〈푸른 돛 / 사랑일기〉에 실린 10곡(건전가요 제외)은 모두 하덕규 작사 작곡이다. 들국화 1집과 함께 1980년대 동아기획을 대표하는 앨범으로 장르와 시대를 뛰어넘어 한국 대중음악을 찬란하게 비추는 귀중한 보 물이다. 하덕규의 모든 역량이 담긴 작품집이지만 함춘호가 없었다면 앨 범을 시작하는 '푸른 돛'의 슬라이드 기타 연주, '얼음 무지개'의 강렬한 일렉트릭 기타 솔로, 한 편의 아트 록 서사시가 된 '매'는 없었을 것이다. 〈푸른 돛 / 사랑일기〉에서는 포크 감성 가득한 뒷면 첫 곡 '사랑일기'가 많이 알려져 있고, 애묘인이 많아지면서 '고양이'도 새롭게 주목받고 있다. 10곡 모두 명곡, 명연이지만 한 곡을 고르라면 마지막 곡 '비둘기 안녕'이다. 드라마 한 편을 보는 듯한 곡 전개와 방황했던 과거에 '안녕' 하며 절규하는 하덕규의 노래는 지천명이 넘은 지금 들어도 가슴이 서늘하고 눈가가 뜨거워진다.

이후 음악적인 견해 차이로 함춘호는 탈퇴하고 하덕규 혼자 시인과 촌장 3집 〈숲〉(1988)을 발표한다. 한 음 한 음 천천히 누르는 피아노 건반으로 시작하는 '가시나무'를 첫 곡으로 〈숲〉은 또 다른 세계를 연다. 이때부터 하덕규는 종교 색채가 짙어지고 하덕규 2집 〈쉼〉(1990), 하덕규 3집 〈광야〉(1992) 등을 발표하며 CCM 스타일을 추구한다. 하덕규는 현재 목사로 목회 일과 함께 대학교수로 음악 학도를 키워내고 있다. 함춘호는 그때부터 지금까지 한국 최고 기타리스트로서 수많은 앨범에 참여하고 대학에서 후학을 양성하고 있다.

'동갑, 동감: 이정선 & 유지연 콘서트'에서 시인과 촌장은 '풍경'을 시작으로 '가시나무'와 '사랑일기'를 불렀다. 기타 하나 메고 노래하는 하덕규와 함춘호의 음악과 따뜻한 시선은 관객에게 가슴 뭉클한 위로가 되었다. 그리고 이정선과 유지연이 합세해 '섬소년'을 4명이 함께 불렀다. 게스트 무대였지만 시인과 촌장이 2000년에 발표한 4집 〈The Bridge〉 이후 19년 만에 함께한 노래로 이들의 재결합을 기다리는 팬에게 작은 희망을 주는 소중한 무대였다.

1981년에 일시적으로 재결합한 사이먼 앤 가펑클Simon And Garfukel이 미국 뉴욕 센트럴 파크에서 공연을 했다. TV에서 중계방송도 했는데 당시 이 공연이 사이먼 앤 가펑클의 처음이자 마지막일 것이라고 했지만 이후 몇 번의 공연을 더 가졌다. 시인과 촌장도 선배의 부름에 응답하며 한차례 공연을 했으니 〈The Bridge〉 발매 20년을 맞이하는 2020년에 정식 재결성 공연을 한다면 얼마나 좋을까. 공연이 성사된다면 어느 구석에서 소리 죽여 꺼이꺼이 울고 있을 울보 아저씨가 보여도 모른 척해주길.

1) 하덕규(1958~)
강원도 홍천 출신의 싱어송라이터이자 개신교 침례회 목사이다. 포크 듀오 '시인과 촌장'을 결성해 감수성 짙은 노래로 사랑을 받고, 남궁옥분과 양희은에게 곡을 주어 히트를 기록한다. 목사가 된 후 대중음악 활동은 안 하고 있지만 많은 팬들이 시인과 촌장의 재결성을 원하고 있다. 현재 백석예술대학교 교수로 있다.

2) 함춘호(1961~)
강원도 간성 출신의 기타리스트이자 한국연주자협회 회장이다. 시인과 촌장의 2집 〈푸른 돛 / 사랑일기〉를 시작으로, 감각적이고 세련된 기타 연주로 한국 대중음악을 오랜 세월 이끌고 있다. 현재 서울신학대학교 교수로 있다.

Life
인생은
음악을 타고

음악이 중요하지만 LP라는 매체가 다시 관심 받는 것도 손으로 만지고 눈으로 볼 수 있는 '물건'으로써 매력이 있기 때문이다. 가로세로 31cm로 CD보다 몇 배 큰 LP는 보고만 있어도 음악이 들리는 것 같고 세월의 흔적이 묻은 중고 LP는 정겨움으로 다가와 중고 거래를 가능케 한다.

Kenny Burrell

Blue Note ◆ 1958년 ◆ 미국 스테레오 초반(1967년), BST 81596

Side A
1. Yes Baby
2. Scotch Blues

Side B
1. Autumn In New York
2. Caravan

니 똥은 얼마면 되겠니?

'시대의 걸작' '100대 명반' '죽기 전에 들어야 할 명반' 등 온갖 미사여구로 유혹해도 앨범 커버가 맘에 들지 않으면 살 때 주저한다. 안에 담겨 있는 음악이 중요하지만 LP라는 매체가 다시 관심 받는 것도 손으로 만지고 눈으로 볼 수 있는 '물건'으로써 매력이 있기 때문이다. 가로세로 31cm로 CD보다 몇 배 큰 LP는 보고만 있어도 음악이 들리는 것 같고 세월의 흔적이 묻은 중고 LP는 정겨움으로 다가와 중고 거래를 가능케 한다.

앨범 커버는 대부분 카리스마 넘치는 아티스트의 사진이 주를 이룬다. 얼굴을 클로즈업하거나 밴드일 경우 멤버 사진을 사각형 안에 넣는 것이 일반적이다. 가장 유명한 건 비틀스 멤버의 얼굴이 4등분 된 커버 안에 들어가 있는 〈Let It Be〉와 이를 흉내낸 들국화의 〈1집〉이다. 재즈는 음악 특성상 아티스트가 중요하고 그의 모습을 보고 앨범 구매를 결정하기 때문에 리더 얼굴을 커버에 크게 넣는 것이 일반적이다. 하드 밥[11]의 전령사인 드러머 아트 블래키Art Blakey가 평생에 걸쳐 발표한 앨범 커버를 보면 검은 피부와 꽉 다문 입술이 강조된 그의 사진이 주를 이룬다. 록 밴드 제니시스Genesis 출신의 뛰어난 싱어송라이터 필 콜린스Phil Collins의 앨범도 그의 얼굴로 가득 차 있다.

해외 앨범에는 한 번 보면 잊히지 않는 독특한 이미지로 상상력을 자극하는 커버가 많은데 영국의 디자인 그룹 힙노시스[2] 작품이 손에 꼽힌다. 힙노시스는 1970~80년대 록 명반 다수를 디자인했는데 빛의 스펙트럼을 보여주는 핑크 플로이드의 〈The Dark Side Of The Moon〉, 소년 소녀가 돌로 된 계단을 오르는 레드 제플린의 〈House Of The Holy〉, 촛농처럼 흘러내리는 얼굴이 괴기스럽기까지 한 피터 가브리엘Peter Gabriel의 〈Peter Gabriel Ⅲ〉 등이 힙노시스 작품들이다. 국내 라이선스 발매 시 선정성 때문에 가려지거나 다른 커버로 교체된 스콜피언스Scorpions와 유에프오UFO의 여러 커버도 힙노시스가 디자인했다.

힙노시스와 함께 아트 록 계열 커버 디자인의 양대 산맥이라 할 수 있는 로저 딘[3]도 있다. 사진을 이용하지 않고 직접 일러스트를 그려 커버를 만들기 때문에 모든 앨범이 예술 작품이다. 우주에 떠 있는 섬, 상상 속의 동물, 특히 용은 여러 작품에 등징하는데 2010년 대림미술관에서 가진 그의 전시회 타이틀이 '용의 꿈(Dragon's Dream)'이기도 했다. 로저 딘의 예술 세계는 영국 록 밴드 예스Yes 커버에 잘 담겨 있다. 공상과학소설이나 SF영화 장면이 떠오르는 상상 속의 이미지는 예스의 프로그레시브 록 사운드를 돋보이게 한다. 록 밴드 아시아Asia의 커버도 빠질 수 없는데 로저 딘의 커버를 보면 볼수록 제임스 카메론 감독의 영화 《아바타》가 떠오른다. 원주민 나비 족이 사는 판도라 행성은 로저 딘이 이미 1970년대에 보여준 공간이다. 그래서 아트 록 팬들은 로저 딘이 영화에 직·간접적으로 관여했을 것이라 생각했다. 영화사 측이 어떤 제안도 하지 않아 로저 딘이 손해배상 소송을 벌이지만 법정에서는 증거 불충분으로 기각되고 만다.

그리고 빠질 수 없는 디자이너 휴 사임Hugh Syme이 있다. 직접 그린 일러스트를 이용하는 로저 딘과 달리 휴 사임은 다양한 그래픽 기법을 사용해 커버를 만든다. 캐나다 3인조 록 밴드 러쉬Rush의 앨범, 스래시 메탈[4] 밴드 메가데스Megadeth의 〈Youthanasia〉 커버가 그의 작품이다. 앨범 커버가 힙노시스, 로저 딘, 휴 사임의 아트 워크라면 잘 모르는 음악이라도 한번 도전해볼 만하다. 이 얼마나 짜릿한 예술적 모험인가.

재즈 앨범 중 앤디 워홀[5]의 일러스트와 아이디어가 들어간 특별한 커버가 있다. 그가 한 말은 아니지만 "유명해져라. 그러면 사람들은 당신이 똥을 싸도 박수를 쳐줄 것이다."라는 대중문화의 속성을 완벽히 이해한 앤디 워홀이 재즈 앨범 커버를 그렸다는 것이 신기하지만 몇 작품이 남아 있다. 꽃무늬가 시원하게 프린팅된 반소매를 입은 조니 그리핀[6]의 〈The Congregation〉, 자필로 쓴 앨범 정보와 'MONK'를 크게 새겨 넣은 셀로니어스 몽크[7]의 〈Monk〉가 앤디 워홀 작품이다.

1950~60년대 재즈 명반을 다수 제작한 블루노트 레코드의 디자이너 리드 마일스는 친구인 앤디 워홀에게 커버에 들어갈 일러스트를 부탁한다. 당시는 앤디 워홀이 유명해지기 전인 1950년대 후반으로 그를 유명하게 만든 실크 스크린 기법이 아닌 자유로운 붓 터치가 살아 있는 멋진 일러스트를 그려 리드 마일스에게 전달한다. 유명해진 후에도 앨범 커버 몇 개를 작업하는데 색이 변한 바나나 하나 달랑 그려져 있는 벨벳 언더그라운드의 〈The Velvet Underground & Nico〉, 실제 지퍼가 달린 롤링 스톤스의 〈Sticky Fingers〉가 앤디 워홀 머릿속에서 나온 작품이다.

재즈에서는 유일하게 기타리스트 케니 버렐[8]의 커버만 2번 작업을 하는데 1956년 작 〈Kenny Burrell〉과 1959년 작 〈Blue Lights〉다. 그중 옷을 입지 않은 여성의 전신을 일필휘지로 그린 〈Blue Lights〉가 단연 손꼽히는 앨범 커버다. 서예 작품처럼 선의 굵기로 양감을 표현하고 여백을 적절히 사용해 앨범 정보를 앉혀 완벽한 앨범 커버를 만들었다. 잘록한 허리, 풍만한 가슴, 풀어헤친 머리카락, 그리고 뾰족한 하이힐까지 관능미 넘치는 일러스트가 매력적이다. 집중해서 보면 여인의 시선은 나를 보는 것이 아니라 내 뒤에 누군가를 물끄러미 보는 것 같다.

〈Blue Lights〉는 2장으로 나왔는데 푸른색으로 작업한 Volume 1과 같은 일러스트에 색만 붉은색으로 되어 있는 Volume 2가 있다. 음악은 케니 버렐을 중심으로 피아노 연주는 앞면(A면)에 듀크 조던Duke Jordan, 뒷면(B면)에 바비 티몬스Bobby Timmons가 연주하고, 베이스는 샘 존스 Sam Jones, 드럼은 아트 블래키가 연주한다. 보통은 이렇게 4중주 편성으로 마무리되기 마련이지만 리더인 케니 버렐은 테너 색소포니스트 주니어 쿡Junior Cook과 티나 브룩스Tina Brooks에 트럼페터 루이스 스미스Louis Smith까지 더한 7중주로 연주한다. 커버 아트 워크뿐 아니라 연주도 블루 노트를 대표할 만하다.

맘만 먹으면 전 세계 음악을 스트리밍으로 다 들을 수 있는 세상에서 앨범을 사서 소유하고자 할 때는 음악 외에 수집욕을 자극하는 게 있어 야 한다. 소량만 찍는 스페셜 한정반이거나 아티스트의 사진과 사인이 들어간 화려한 패키지 세트여야 한다. 그리고 이제는 필수 조건이 된, 예 술적 감흥을 일으키는 앨범 커버가 매력적이어야 한다. 경매가 수백 수천 억 원이 되는 앤디 워홀의 작품을 소유하려면 아마도 재벌가 집안에 다 시 태어나거나 로또를 연속해서 10번은 맞아야 한다.

그러나 '청록 마릴린'과 '8인의 엘비스'는 아니더라도 그의 일러스트가 들어간 재즈 앨범 정도면 가능하지 않을까. 최근 재발매된 앨범은 가격도 저렴하고 조금만 무리하면 발매 당시 초반도 욕심낼 만하다. 아직 붉은색 으로 만들어진 케니 버렐의 〈Blue Lights, Volume 2〉는 구하지 못했다. 언젠가 꿈속에 커버의 여인이 나타나면 2집과 만날 수 있지 않을까.

〈Monk〉(1958)는 재즈 피아니스트
셀로니어스 몽크가 1950년대 중반에 발표한
2장의 10인치반 〈Blows For LP〉,
〈Thelonious Monk Quintet〉을 묶어 발표한
앨범. 고딕체로 크게 쓰여진 'MONK'와
이와 대비되는 연주자와 레이블 명은
앤디 워홀의 아이디어다.

1) 하드 밥Hard Bop

비밥 위에 흑인의 색채가 짙은 블루스, 가스펠의 요소들을 강조한 재즈 스타일. 1950년대
미 동부에서 주목을 받아 이스트 코스트 재즈, 또는 쿨 재즈의 상대 개념으로 '핫 재즈'라
고도 한다. 당시 레코딩 기술의 향상 덕에 좋은 녹음이 많이 남아 재즈 팬이 선호하는 장
르이기도 하다.

2) 힙노시스Hipgnosis

영국 케임브리지 출신의 오브리 파월Aubrey Powell, 스톰 소거슨Storm Thorgerson, 그리
고 뒤에 합류하는 피터 크리스토퍼슨Peter Christopherson이 주축이 된 영국의 디자인 그
룹. 불에 휩싸인 사내, 들판의 젖소 한 마리를 커버를 장식하는 핑크 플로이드 앨범 커버가
힙노시스 작품이다. 몽타주 등 사진을 이용한 초현실적인 다양한 기법은 지금도 수많은 작
가와 디자이너에게 영감을 주고 있다. 2017년 힙노시스 앨범 커버 373장이 수록된 카탈
로그 《바이닐. 앨범. 커버. 아트》가 번역, 출간되었다.

3) 로저 딘Roger Dean(1944 ~)

영국의 화가이자 디자이너. 록 밴드 건Gun, 예스, 아시아와 같은 1970~80년대에 활동한
밴드의 기상천외한 커버 일러스트를 그려 주목받게 된다. 영화 속 장면 같은 판타지를 그
려 아트 록과 환상의 조화를 이루었다.

4) 스래쉬 메탈Thrash Metal

헤비메탈의 하위 장르로 빠른 베이스와 드럼 비트로 더 강력한 사운드를 표현한다. 두 대
의 기타로 묵직한 리프를 만들고 빠른 기타 솔로와 종횡무진 밀어붙이는 투 베이스 드럼 연
주가 특징이다. 메탈리카, 메가데스, 슬레이어Slayer, 앤스랙스Anthrax가 대표 밴드이다.

롤링 스톤스의 대표작으로 히트곡
'Brown Sugar' 'Wild Horses'가 실려 있는
명반 〈Sticky Fingers〉(1971).
한 번만 봐도 잊혀지지 않는 앤디 워홀의
'진짜 지퍼가 달린' 커버 디자인은
지금 봐도 센세이션하다.

5) 앤디 워홀Andy Warhol(1928~1987)

단순한 화가를 넘어 시각 예술 전반에 영향력을 끼친 예술계의 거물. 대중 미술과 순수 미술의 경계를 무너뜨린 팝 아트의 선구자로 실크 스크린을 이용한 '마릴린 먼로' '캠벨 수프 캔' 같은 작품은 현대 미술의 아이콘이 되었다.

6) 조니 그리핀Johnny Griffin(1928~2008)

미국의 재즈 색소포니스트로 블루노트 레코드에서 활약한 연주자. 작은 키가 느껴지지 않을 정도로 뜨거운 연주를 구사해 '작은 거인(The Little Giant)'이라는 별명이 있다. 생전에 수많은 앨범에 참여해 테너 색소폰의 매력을 발휘했으며 1995년 버클리 음악대학에서 명예박사 학위를 받았다.

7) 셀로니어스 몽크Thelonious Monk(1917~1982)

미국의 재즈 피아니스트이자 작곡가. 비밥을 이끈 선구자로 재즈 역사상 가장 독창적인 음악성을 지니고 있다. 그가 작곡한 'Round Midnight' 'Blue Monk' 'Well, You Needn't' 등은 현재도 사랑받고 있다. 오묘한 불협화음과 완급 조절은 그의 트레이드 마크다. 《타임스》의 커버를 장식한 다섯 명의 재즈 음악가 중 한 명이다.

8) 케니 버렐Kenny Burrell(1931 ~)

미국 디트로이트 태생의 재즈 기타리스트. 1950년대부터 활약한 기타리스트로 2019년 현재도 생존해 있는 전설 중의 전설이다. 정확한 핑거링과 그 안에 녹아 있는 스윙감은 재즈 기타의 모범으로 수많은 연주자의 추앙을 받고 있다.

Chick Corea
Polydor ◆ 1976년 ◆ 미국 초반, PD-2-9003

Side A
1. Love Castle
2. The Gardens
3. Day Danse
4. My Spanish Heart
5. Night Streets

Side B
1. The Hilltop
2. The Sky
   Part I: Children's Song
   No. 8
   Part II: Portrait Of
   Children's Song No. 8
3. Wind Danse

Side C
1. Armando's Rhumba
2. Prelude To El Bozo
3. El Bozo, Part I
4. El Bozo, Part II
5. El Bozo, Part III

Side D
1. Spanish Fantasy, Part I
2. Spanish Fantasy, Part II
3. Spanish Fantasy, Part III
4. Spanish Fantasy, Part IV

謁萬島(알만도)를 찾아서

16세기 임진왜란 당시 침략해온 일본인들은 부산에 들어와 조선인을 포로로 잡아갔다. 10만 명이 일본으로 끌려갔다고 전해지는데 많은 이들이 규슈 지역에서 지내게 된다. 규슈 서쪽의 나가사키는 일제 강점기에 강제 노역으로 우리의 몸과 마음을 피폐하게 한 군함도(하시마 섬)가 있는 곳이다. 동시에 나가사키는 일본이 유럽과 가장 먼저 접촉해 신문물을 받아들인 곳이기도 하다. 그리고 한반도와는 가까운 거리 탓에 조선 침공의 선봉에 선 지역이다. 이곳에 포르투갈을 시작으로 스페인과 네덜란드, 영국 선박들이 들어오기 시작하면서 나가사키는 중요한 개항장이 되고 일본의 작은 로마라고 할 정도로 일본 가톨릭의 중요한 성지가 된다.

17세기 막부 시대에 가톨릭을 금지하면서 나가사키 지역의 신자들은 대거 순교를 당했는데 이때 탄압을 피해 밀교 형식으로 신앙을 유지하는 일본의 가톨릭 신자 '키리시탄'이 등장하고 이들은 19세기까지 로마 교황청과 교류 없이 신앙을 지켜간다. 임진왜란에 포로로 잡혀 온 조선인들은 이곳에서 가톨릭 세례를 받았다고 전해진다.

이때 신앙이 깊은 조선인 지 씨가 있었는데 그는 나가사키의 조선인 거주 지역인 고려정에서도 노래를 잘하는 사람으로 알려졌다. 지 씨 외에 잡혀 온 이들 중에는 도공도 있었는데 이들은 일본 도자기에 영향을 미치게 된다. 임진왜란 후에 지 씨는 조선으로 돌아가지 않고 일본에서 살다가 어느 날 노래하는 그의 모습을 보고 반한 스페인 선교사의 권유로 유럽행 배에 몸을 싣게 된다. 노비로 살아야 하는 조선과 노예로 살 수밖에 없는 일본 모두를 버리고 천주교인으로 종교와 자유를 찾아 떠나기로 한 것이다.

몸에 밴 성실함과 간절한 신앙심을 바탕으로 그는 스페인에 정착해 살게 된다. 지 씨와 함께 유럽에 온 이들 중에는 포르투갈과 이탈리아로 간 사람들도 있었는데 그 중 한 명이 나가사키에 살 때 카스테라를 기막히게 만들던 김 씨다. 김 씨의 조상은 무역이 활발했던 고려 시대 때 이미 일본에 와 있었기에 유럽 사람은 그를 '코리에'라고 불렀다. 그가 바로 미국 게티 미술관에 소장되어 있는 바로크 시대의 거장 화가 루벤스(1577~1640)가 그린 '한복을 입은 남자(Man In Korean Costume)'의 모델인 안토니오 코레아이다.

이렇게 일본을 통해 유럽에 정착한 조선인들은 자신의 뿌리를 잊지 않기 위해 코레아라는 성을 썼고 그래서 지금도 유럽 전역에 코레아와 유사한 지명으로, 이탈리아에는 'Calabria', 스페인에는 'Correas', 포르투갈에는 'Correa' 등이 있다.

1941년 미국 매사추세츠주 출신으로 모던 재즈와 퓨전 재즈 양쪽 모두를 완벽하게 구사하는 피아니스트 칙 코리아Chick Corea가 코리아 성을 가진 대표적인 음악인이다. 칙 코리아는 할아버지가 19세기 후반에 스페인에서 미국으로 이주한 스페인계 재즈 아티스트로 유명하다. 그가 작곡한 'Spain' 'My Spanish Heart' 'La Fiesta' 등 라틴계열 곡만 봐도 뿌리를 짐작할 수 있다. 물론 한국을 상징하는 곡은 만들지 않았지만 칙 코리아는 내한 공연을 할 때마다 "Hello, My Country!" "Glad To Be Back To My Country!"라고 인사하며 자신이 한반도에서 시작했고 한 핏줄임을 얘기하고 있다. 칙 코리아가 1976년에 발표한 걸작 〈My Spanish Heart〉라는 앨범이 있는데 여기에 칙 코리아의 숨겨진 진실이 하나 있다.

1970년대는 퓨전 재즈가 재즈계에 뜨거운 화두가 되고 젊은 연주자들이 대거 등장할 때다. 그 중심에 있던 칙 코리아는 일렉트릭 건반을 적극적으로 사용하고 베이시스트 스탠리 클락Stanley Clarke, 드러머 스티브 갯Steve Gadd과 함께 〈My Spanish Heart〉(2LP)를 발표한다. 두 번째 LP 첫곡에는 'Armando's Rhumba'라는 환상적인 연주곡이 담겨 있다. 프랑스 출신의 바이올리니스트 장-뤽 폰티Jean-Luc Ponty와 스탠리 클락의 콘트라베이스가 불꽃 튀며 연주하는 부분은 라틴 재즈의 정수를 보여준다. '알만도'는 그의 본명 '알만도 앤서니 코리아Armando Anthony Corea'에서 따온 것으로 알만도는 그의 조상 지 씨의 고향인 부산 '오륙도'를 말하는 것이다. 몇 백 년이 지나면서 오륙도는 알만도가 되었고 코리아는 전 세계에서 사랑을 받는 재즈 피아니스트가 되었다.

혹시 몰라 바로 밝히는데, 칙 코리아가 스페인과 이탈리아계이고 라틴 재즈의 거장이란 것은 사실이지만 한국과 연관이 있다는 내용은 모두 지어낸 이야기이다. 'Armando's Rhumba'를 듣고 있으니 대하소설《謁萬島(알만도)(부제: 코리아를 찾아서)》를 써 보는 건 어떨까 하는 생각이 들었다.

칙 코리아의 〈My Spanish Heart〉 커버는 그의 뿌리를 짐작하듯
스페인 의상을 입은 사진으로 채워져 있다. 옷만 우리 스타일로 입으면
부산 어딘가에서 사는 수염 기른 친구 모습이 떠오른다.

송창식

유니버살레코오드사 ◆ 1974년 ◆ K-Apple 786

Side A
1. 꽃보다 귀한 여인
2. 꽃, 새, 눈물
3. 쉬잇
4. 철지난 바닷가
5. 둘일때는 좋았지

Side B
1. 좋아요
2. 밤눈
3. 나그네
4. 하얀 손수건

그럼, 노래는 창시기지!

아버지는 운동, 여행 등 활동적인 것보다 정적인 것을 좋아하셨다. 약주 약속이 없으면 집에서 고전 음악을 들으면서 책 보는 것이 유일한 낙이셨다. 다행인지 불행인지 모르지만 술에 강한 유전자는 형에게 몰아주시고 막내인 나에게는 음악 듣는 인내심을 주셨다.

아버지는 주말에 시간이 나면 3남매와 놀아주기보다 클래식 LP를 꺼내 들으면서 일본 잡지 《문예춘추文藝春秋》 보는 것을 즐기셨다. 약속이 있어 나가실 때는 고등학교 동창 분들과의 술 약속이 대부분이었고 여지없이 거나하게 취해 들어오셨다. 물론 평일에도 약주를 하셨는데 그런

날이면 조용하신 아버지가 대문 밖에서부터 노래하시곤 했다. 클래식 애호가답게 오페라 아리아 한 곡조를 부르셨고 맨 마지막에는 언제나 트윈폴리오의 '하얀 손수건'을 부르셨다.

'트윈폴리오'는 1967년에 결성된 남성 듀오로 송창식과 윤형주가 함께 불러 1970년에 발표한 〈튄 폴리오 리사이틀〉이 유일한 정규작이다. 여기에 실리고 송창식 솔로 앨범에도 실린 '하얀 손수건'이 아버지의 애창곡이다. 1970년대는 외국곡에 한글로 가사를 바꿔 부르는 번안곡이 인기가 많았는데 '하얀 손수건'은 그리스 가수 나나 무스쿠리Nana Mouskouri(1934~)가 1964년에 부른 'Me T'aspro Mou Mantili'가 원곡이다.

아버지의 주된 앨범 컬렉션은 클래식이었지만 트윈폴리오와 송창식의 LP가 몇 장 있었다. 천호동 살 때이니 학교에도 가기 전이었지만 아버지 무릎에 앉아 듣는 창식이 아저씨의 노래는 그렇게 좋았다. 선명하게 울리는 목소리 뒤에 남자의 슬픔 뭐, 그런 것이 느껴졌다. 그리고 따뜻한 통기타 연주 소리도 좋았다. 그렇게 창식이 아저씨의 노래는 나를 천호동이 강동구가 아닌 강남구였던 1970년대로 보내준다.

아버지는 송창식을 '창식이'라고 불렀는데 그래서 어릴 때는 두 분이 아주 친한 형 동생 사이인 줄 알았다. 팬의 마음으로 편하게 부르는 호칭으로 그래서 나도 '창식이 아저씨'라고 부른다. 창식이 아저씨 노래는 모든 곡이 좋다. 트윈폴리오와 솔로 시절 노래, 그리고 윤형주, 김세환과 함께한 트리오 〈하나의 결이 되어〉도 정말 아낀다. 그러다 보니 창식이 아저씨 노래는 자연스럽게 아버지와 연결이 된다. 당시 아버지들이 다 그

렁지만 직장 생활에 매여 제대로 건강 관리를 하지 않고 고혈압에 약주까지 즐기셨으니 건강하셨을 리 만무하다. 결국 50세에 뇌출혈로 쓰러지셨다. 내가 고등학교 1학년 때였다. 오랜 병상 생활과 재활을 이겨내시기는 했지만 오른쪽 손과 발을 못 쓰시는 중풍 환자로 30년을 사시다 지난 2016년에 우리 곁을 떠나셨다. 연로한 아버지들의 마지막 모습이 다 그렇지만 거동이 더 불편해지고 치매가 심해지면서 마지막 1년 정도는 요양원과 요양병원을 오가면서 지내셨다. 어머니는 끝까지 집에서 아버지를 모시고자 했지만 그러면 어머니 먼저 가실지 몰라 3남매 의견을 모아 요양원에 모시게 되었다.

2016년 봄이었던 것 같다. 요양원에 계실 때 아버지에게 가서 '하얀 손수건'을 이어폰으로 들려 드렸다. 이미 실어증이 심해지셔서 말은 안 하시고 막내도 잘 못 알아보실 때였지만 그냥 창식이 아저씨 노래를 들려 드리고 싶었다. 몇 곡을 이어폰으로 들으셨는데 '하얀 손수건'을 들으실 때 즈음 눈물 한 방울 흘리는 모습을 봤다. 심한 병중이니 노래가 들리지 않고 들린다고 해도 어떤 노래인지 아실 리 없지만 분명 아버지 얼굴에 눈물이 흘렀다. 검은 뿔테 안경을 쓰고 약주 한 잔에 붉어진 얼굴로 '하얀 손수건'을 부르시던 모습이 떠올라 나도 눈물이 났다.

그렇게 창식이 아저씨는 아버지와 나의 연결 고리이다. 창식이 아저씨 얼굴이 크게 나와 있는 앨범 〈Brand New Song〉은 아버지의 흔적이 남아 있는 유물이다. 몇 장의 앨범이 더 있었는데 다른 건 없어지고 〈Brand New Song〉만 남아 있다.

〈Brand New Song〉은 1973년에 나온 송창식의 3집으로 번안곡이 아닌 자신이 만든 노래를 실은 초기 대표작이다. 사진에서 보는 것처럼 처음 나온 LP(초반)는 거친 질감이 느껴지는 엠보싱 재킷으로 되어 있다. '하얀 손수건' '꽃보다 귀한 여인' '철지난 바닷가' '꽃, 새, 눈물' 모든 곡이 감성적이지만 '밤눈'은 송창식 감성과 가창의 절정을 보여준다. 작사가는 최영호로 표기되어 있지만 소설가 최인호가 고등학교 3학년 겨울에 느꼈을 기대와 두려움을 아름다운 노랫말로 썼다. 그리고 입대를 앞둔 송창식이 애잔한 선율을 더해 완성했다.

천호동에서 '밤눈'과 '하얀 손수건'을 흥얼거리면서 아버지는 언제나 이렇게 말씀하셨다.

"그래, 노래는 창시기지!"

좋아요

K-apple-786   SIDE 2

1 좋   아   요
2 밤   눈
3 나   그   네
4 하얀 손수건

싱어송라이터로서 면모를 유감없이 보여준 송창식의 1974년 작 〈Brand New Song〉은
전체적인 색감을 갈색으로 통일한 디자인 콘셉트가 인상적이다.
1968년에 시행된 물품세법으로 1970년대 LP에는 세금을 낸 표시로
'납세필증지'를 LP 가운데 있는 라벨에 붙였다.

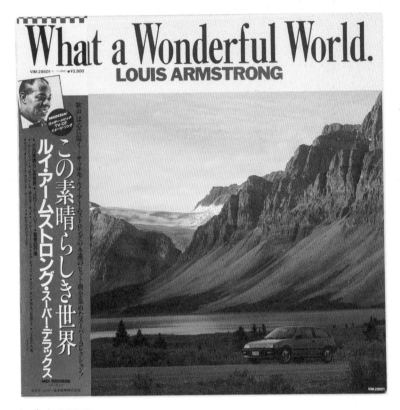

Louis Armstrong

MCA Records ◆ 1983년 ◆ 일본 편집, VIM-28601

Side A
1. What A Wonderful World
2. Hello Dolly
3. Moon River
4. Cabaret
5. A Kiss To Build A Dream On
6. Blueberry Hill
7 Otchi-Tchor-Ni-Ya

Side B
1. When The Saints Go Marching
2. C'est Si Bon
3. On The Sunny Side Of The Street
4. La Vie En Rose
5. Kiss Of Fire
6. Your Cheatin' Heart
7. Georgia On My Mind

거, 맥주 광고에 나온 음악 하나 주소!

유명한 루이 암스트롱Louis Armstrong(1901~1971)의 앨범이지만 그의 웃는 얼굴이 커버에 나오지 않는 귀한(?) 앨범이다. 그 어떤 수식어 하나 없이도 루이 암스트롱 얼굴 사진 하나면 재즈 앨범이 된다. 그만큼 이름과 얼굴 자체가 재즈와 동의어가 되는 거장 중 거장이다. 입이 찢어질 정도로 웃는 웃음 뒤에 평생 재즈 음악가로 살며 겪었을 회한이 없을 수 없겠지만 눈 감을 때조차도 웃으며 작별한 그는 천상 재즈 맨이다.

흑인을 비하하려는 의도는 아니겠지만 간혹 개그 프로그램에서 흑인 분장을 하고 나올 때 열에 아홉은 루이 암스트롱의 흉내를 낸다. 그가 트럼펫을 연주하고 노래한 재즈 음악가라는 것은 중요하지 않다. 희화되어 우리에게 각인된 '엉클 톰'의 모습이 필요할 뿐이다.

재즈의 고향인 미 남부 도시, 뉴올리언스에서 태어나 어려운 시기를 지낸 루이 암스트롱은 타고난 트럼펫 실력으로 20대 초반에 초기 재즈의 거장인 조 '킹' 올리버(1885~1938), 플레처 헨더슨Fletcher Henderson(1897~1952) 밴드에서 연주한다. 고향을 떠나 시카고와 뉴욕에서 보여준 끝도 없이 솟아오르는 고음과 빠른 연주는 금세 소문이 난다. 독립해서는 '핫 파이브'와 '핫 세븐'을 결성해 재즈 연주 형태의 중요한 기틀을 마련한다. 이때가 루이 암스트롱의 주요 전성기지만 당시는 축음기 시대로 SP[1] 레코드의 짧은 연주 시간과 거친 음질 때문에 역사적 가치와는 별개로 지금은 잘 듣지 않는 음악이 되어 버렸다. 그래서 루이 암스트롱을 대표하는 'C'est Si Bon' 'Hello Dolly' 'When The Saints Go Marching' 'Kiss Of Fire' 'What A Wonderful World' 같은 노래는 대부분 1950년 이후 '루이 암스트롱과 그의 올 스타즈' 밴드가 녹음한 것들이다.

루이 암스트롱에게는 '팝스Pops'와 '새치모Satchmo'라는 애칭이 있다. 재즈가 아닌 팝이라고 하는 이유는 그의 영향력이 장르로써 재즈에만 국한된 것이 아니라 연주, 노래, 연기, 개그 등 미국 대중문화 전반에 영향력을 미쳤기 때문이다. 그리고 새치모는 그의 커다란 입 때문에 붙은 별명이다. 손잡이와 어깨끈이 달린 네모 모양의 가방을 '새첼 백Satchel Bag'이라고 하는데 대부분 포켓 입구에 큰 지퍼가 달려 있다. 루이 암스트롱의 큰 입이 새첼 백처럼 지퍼로 여닫을 수 있을 정도로 커서 붙은 별명이다. 이 별명은 이름 대신 사용되어 여러 앨범 커버에 새겨져 있고, 'What A Wonderful World'가 인상적으로 흐른 영화《굿모닝, 베트남》(1987) 에서 괴짜 디제이로 분한 로빈 윌리엄스가 '새치모'라고 멘트를 한다.

'What A Wonderful World'는 루이 암스트롱의 말년 노래로 70세로 세상을 떠나기 4년 전인 1967년에 싱글로 발표한 곡이다. 당시는 미국 내 인종 차별과 베트남 전쟁이 정점으로 가는 시기로, 밥 티엘Bob Thiele(작사) 과 조지 와이스George David Weiss(작곡)는 자연의 아름다움을 노래하면서 일촉즉발의 긴장을 풀자고 제안한다. 밥 티엘은 재즈 앨범을 만든 뛰어난 재즈 프로듀서이기도 하다. 처음에는 이 곡을 유명한 재즈 가수인 토니 베넷Tony Bennett(1926~)에게 의뢰하지만 거절당해 새치모 차지가 된다. 노래에 임자가 따로 있다는 얘기는 여기서도 증명된다. 발매 당시 미국에 서는 큰 히트를 기록하지 못하지만 영국에서는 1위를 차지한다. 20년 후 영화《굿모닝, 베트남》사운드 트랙에 실려 빌보드 싱글 차트 32위에 오 르고 1999년에는 '그래미 명예의 전당'에 오르는 영예를 누린다.

영화《굿모닝, 베트남》의 국내 개봉 성적은 초라했지만 'What A Wonderful World'가 크게 사랑받게 되는 일이 벌어지는데 바로 TV-CF 배경 음악으로 사용되면서 부터다. 지금은 드라마, 영화, CF 등 다양 한 곳에서 재즈가 사용되지만 1980년대는 흔치 않았다. 1989년 OB 슈 퍼 드라이 맥주 광고에 만화가 이현세가 황금빛 보리 들판을 지프를 타 고 가로지를 때 루이 암스트롱의 'What A Wonderful World'가 흐른다. 인생의 연륜이 느껴지는 새치모 노래를 배경으로 지평선을 바라보는 이 현세의 그윽한 모습은 한 편의 영화였다. "강한 첫 맛, 깨끗한 끝 맛"이란 맥주 광고의 캐치프레이즈와 "맥주 광고에 나온 바로 그 음악!"이란 음반 가게 유리창에 붙은 광고 문구는 지금도 기억난다.

그런데 나중에 알게 된 사실이지만 'What A Wonderful World'는 6년 전인 1983년에 일본 자동차 회사 혼다의 '시빅' TV-CF에 먼저 사용되었다. 그래서 일본에서 발매된 편집 앨범 〈What A Wonderful World〉에는 새치모 얼굴 대신 그랜드캐니언에서 찍은 혼다 차가 커버를 장식한다. 광고 음악 인기에 편승해 제작된 일본 편집 앨범으로 새치모의 히트곡 14곡으로 구성되어 있다. 커버 앞면에 작게 보이는 루이 암스트롱의 얼굴은 오비[2](띠지)에 사용된 것이다.

혼다는 판매 실적이 좋았는지 새치모의 'What A Wonderful World'를 4년 동안 광고 음악으로 사용한다. 이후 '검증'된 이 곡을 한국의 맥주 회사에서 사용해 인기를 누린 것이다. 뭐, 좋은 음악이야 언제 누가 사용해도 상관없지만 일본 광고가 끝나자마자 사용한 건 좀 아쉽다.

광고 제작사인 오리콤이 그나마 잘한 건 슈퍼 드라이 맥주 광고 2탄에 이현세와 고인이 된 색소포니스트 정성조[3]를 출연시켜 정성조가 연주한 'What A Wonderful World'를 배경 음악으로 사용한 것이다. 루이 암스트롱이 미국 재즈의 거장이라면 정성조는 대한민국 재즈를 빛낸 색소포니스트이다. 앞서 말한 대로 루이 암스트롱이 재즈 외에 다방면으로 재능을 발휘했는데 정성조 또한 영화 음악에서 발군의 실력을 보여주었다.

1) SP판(Standard Playing Record)

'셀락Shellac(동물성 천연수지)'을 주원료로 한, 1분간 78 회전하는 레코드. 축음기판, 돌판 등 여러 이름으로 불린다. LP가 등장하기 전 음반의 기준이어서 스탠더드 플레잉이라고 하지만 LP(Long Playing) 등장 이후 상대적인 이름으로 '쇼트 플레잉Short Playing'이라고 도 부른다. 음반의 회전수가 빨라 한 면에 12인치 기준 5분 정도밖에 안 된다.

2) 오비Obi

일본에서 발매되는 앨범에 띠지 형태로 되어 있는 광고 문구 종이를 말한다. 앨범과 뮤지 션의 홍보 문구가 일본어로 적혀 있어 자국민을 위한 안내 띠지였지만 지금은 앨범의 일부 분으로 특히 LP에서는 하나의 아트 워크가 되고 있다. 오비는 일본 여성의 전통 의상인 기 모노의 일부분으로 유카타를 입으면 허리에 두르는 긴 천을 말한다. 허리에 두르듯 앨범을 두른다고 해서 '오비'라고 하고 해외에서도 공식적으로 'Obi'라고 부른다.

3) 정성조(1946~2014)

영화 음악 작곡가 겸 재즈 색소포니스트. 한국 재즈를 대표하는 연주자로 서울대 음대, 버 클리 음대를 졸업했다. 서울예대에 실용음악과를 만들어 대중음악 교육에도 큰 공을 세웠 다. 재즈 빅밴드 편곡에 남다른 애정을 가져 서울예대 정년으로 퇴임한 후에 다시 미국 유 학을 떠나 퀸스 칼리지에서 석사 학위를 받았다. 2014년 갑작스럽게 발병된 근육암을 이 기지 못하고 사망했다.

The Great Jazz Trio

East Wind ◆ 1978년 ◆ 일본 재반(1981년), 20PJ-9

Side A
1. Moose The Mooch
2. Naima

Side B
1. Favors
2. 12+12

엘린이 화이팅

한자리에 앉아 음악을 듣는 건 오래 할 수 있는데 운동은 체질이 아니다. 학창 시절 체육 시간에도 특별히 잘하는 운동은 없었고 뭐든 중간 정도로, 축구를 할 때는 주로 문지기를 섰다. 군대 갔다 오신 분들은 알지만, 학창 시절 선수 출신이 아닌 이상 군 졸병 시절에는 물 당번을 하기 마련이다. 나도 예외는 아니어서 전투 체육의 날인 수요일마다 물 주전자와 수건을 들고 연병장을 지켰다. 그러던 어느 날 골대 뒤에 있다 날아오는 공을 몸을 날려 잡은 후 골키퍼가 되었다. 골 몇 번 먹으면 바로 교체되는 신세였지만 수비수가 먹는 욕의 반의 반만 먹어도 되어 괜찮은 포지션이었다.

성인이 되어 헬스와 자전거 등 몇 가지 운동을 시도했지만 재능과 끈기 부족으로 그리 오래 가지 못했다. 그렇지만 운동 경기 보는 것은 즐기는데 특히 야구를 좋아한다. 직장과 지역을 중심으로 사회인 아마추어 야구 팀이 꽤 있지만 직접 참여한다는 생각은 한 번도 못 하고 프로야구 관람만을 즐긴다. 프로 야구가 개막하기 전인 1970년대는 고교 야구가 지금의 프로 야구보다 인기가 많았다. 선린상고, 군산상고, 경북고, 경남고, 대구상고, 인천고, 광주제일고, 천안북일고 등 고교 야구 팀은 학교뿐 아니라 지역을 대표해 정말 죽기 살기로 경기에 임했다. 부모님 모두 이북 분인 실향민의 자녀이고 서울에서 태어난 나는 고향 때문에 생기는 지역 연고 정서가 별로 없다. 그래서 서울 고교 팀을 응원하기보다는 역전의 명수, 군산상고와 우승을 많이 한 경북고를 좋아했다.

고등학교에 진학하면 꼭 학교에 야구 팀이 있기를 바랐다. 백 번 양보해 야구 팀이 없으면 축구, 농구, 배구 등 구기 종목 팀이 있어 학교 친구들과 단체로 응원하면 얼마나 좋을까 기대를 했다. 그런데 내가 다닌 한영고등학교에는 구기 종목은 커녕 일반적인 응원은 할 수 없는 씨름 부와 레슬링 부만 있었다. 그래서 프로 야구에 더 빠지게 된 건지도 모르겠다.

미국 록 밴드 제이 가일즈 밴드J. Geils Band가 'Centerfold'로 히트하고 연말에 MBC 대학가요제에서 조정희가 '참새와 허수아비'로 대상을 받은 1982년에 한국 프로 야구가 시작한다. 막 중학교에 입학했을 때로 처음에는 실업 야구[1] 느낌이 있었지만, 대기업과 지역 연고를 등에 업고 성장해 지금은 누가 뭐래도 대한민국 최고 인기 스포츠다.

1982년 프로 야구 개막할 때 아버지들 사이에 자녀에게 응원하는 야구 팀을 정해주는 것이 유행이었는데 우리 집도 그냥 지나치지 않았다.

연고지가 없는 아버지는 서울 출신인 3남매에게 MBC 청룡[2](현 LG 트윈스)과 오비 베어스(현 두산 베어스) 선택지를 주셨다. 연년생 3남매 중 누나와 형은 베어스를, 나는 청룡을 택했다. 내가 고른 것인지 누나와 형이 먼저 골라 나머지가 내 차지가 된 건지 아니면 아버지가 선택해 주신 것인지 정확하게 기억나지 않지만, 그때부터 프로 야구와의 인연이 시작됐다.

프로 야구가 개막하면서 각 팀은 각종 이벤트를 진행하는데 MBC 청룡은 어린이 회원을 뽑았다. 변웅전 아나운서의 진행으로 야구공을 굴려 뽑는 정회원 선정 이벤트에 운 좋게 당첨되어 다양한 기념품까지 받았다. 그때였다. 그때부터 MBC 청룡의 팬이 되어 지금은 LG 트윈스를 응원하고 있다. 전문가 뺨치는 야구 '오타쿠'들이 주위에 즐비해 아는 척은 못 하지만 한국 선수들이 진출하면서 미국 메이저리그와 일본 프로 야구를 알게 되었고 KBO 리그와 LG 트윈스는 언제나 주의 깊게 보고 있다.

야구와 관련된 것들을 모두 좋아하다 보니 앨범 커버에 야구 이미지가 있으면 되도록 구매하는 편이다. 록, 팝, 컨트리 장르를 불문하고 아티스트들은 야구 경기 장면이나 그림을 커버에 이용한다. 야구와 재즈는 미국을 대표하는 것으로 행크 존스[3]가 이끄는 그레이트 재즈 트리오The Great Jazz Trio(이하 GJT) 커버에 시원한 야구 사진이 많다. 행크 존스는 재즈의 주요 장면마다 등장하는 거장으로, 재즈가 한풀 꺾인 1970년대에 GJT를 결성해 전통의 가치를 지켜나가는 가슴 따뜻한 어른의 모습을 보여준다. 행크 존스의 기품 있는 연주는 일본에서 인기가 높아 일본 재즈 레이블 이스트 윈드와 프로듀서 야소하치 이토가 GJT 앨범을 제작한다.

〈At The Village Vanguard〉는 1977년 2월 19~20일 뉴욕에 있는 재

즈 라이브 클럽, 빌리지 뱅가드에서 가진 라이브를 녹음한 실황 앨범이다. 행크 존스와 베이스에 론 카터Ron Carter 드럼에 토니 윌리엄스Tony Williams 가 함께한다. 앨범 커버 앞뒷면에는 시원한 녹색의 야구장 사진이 크게 들어가 있다. 앞면은 1970년대 초반 '보스턴 레드 삭스'를 대표하는 등 번호 29번, 투수 로저 모렛이 마운드에서 와인드업 하는 모습을 담고 있다.

뒷면은 줄무늬 유니폼인 핀 스트라이프 저지를 입고 있는 '뉴욕 양키스'의 외야수가 경기에 앞서 인사하는 모습이다. 이어 발매한 〈At The Village Vanguard Vol. 2〉 커버도 야구징을 배경으로 하고 있는데 투수, 타자, 포수가 한 화면에 잡힌 TV 장면을 커버로 하고 있다. GJT와 일본 레이블의 변함없는 야구에 대한 순애보를 느낄 수 있다.

1982년 3월 27일, 지금은 없어진 동대문야구장에서 열린 프로 야구 개막전은 삼성 라이온즈와 MBC 청룡의 경기였다. 6:1로 끌려가던 MBC 청룡은 경기를 7:7로 만들고 연장 10회 말에서 주장 이종도의 끝내기 만루 홈런으로 기적 같은 승리를 거둔다. 그때의 감동은 LG 트윈스로 이름이 바뀌어도 이어졌고 자연스럽게 두 딸에게까지 전해져 온 가족이 응원하고 있다. 그런데 엘지 트윈스는 1994년 마지막 우승을 한 후 성적이 들쑥날쑥하다. 인기 많은 팀이다 보니 손가락질을 많이 받아 놀림감이 되기 일쑤다. 이런 고난을 딸들에게까지 물려주었으니 나는 나쁜 아빠다. 첫째는 무사히 엘린이(아빠 따라 엘지 트윈스를 응원하는 어린이) 과정을 견뎠는데 둘째는 '엘린이 사춘기'를 지내고 있다. 반 친구들이 엘지 야구를 흉보면 집에 와서 아빠에게 하소연한다. 달래주고 격려하면서도 매년 걱정반, 기대 반이다.

1) 실업 야구

아마추어 야구 중 학생 야구를 제외한 사회인 야구를 말함. 기업체, 금융기관, 군에서 창설하여 유지하다 프로 야구로 인해 축소되어 현재는 유명무실하다.

2) MBC 청룡

현 LG 트윈스. 서울을 연고지로 프로 야구 역사상 유일한 선수 겸 감독이었던 백인천이 초대 감독으로 팀을 이끌었다. 1989년 MBC 문화방송은 MBC 청룡을 매각하기로 의결하고, 1990년 1월 럭키금성 그룹이 130억 원에 인수해 3월 15일부터 LG 트윈스로 개명한다.

3) 행크 존스Hank Jones(1918~2010)

탄탄한 기본기로 오랜 세월 재즈를 이끌어온 피아니스트, 밴드 리더, 작곡가. 거장과의 연주에서 한 발 물러선 그의 겸손한 피아노 연주는 재즈 역사 안에서 빛나고 있다. 1975년에 결성한 '그레이트 재즈 트리오'는 죽을 때까지 이끌어간 프로젝트다.

조용필

지구레코드 ◆ 1985년 ◆ JLS-1201933

Side A
1. 눈물로 보이는 그대
2. 어제, 오늘, 그리고
3. 프리마돈나
4. 나의 노래
5. 내가 어렸을 적엔
6. 그대여

Side B
1. 들꽃
2. 사랑하기 때문에
3. 미지의 세계
4. 아시아의 불꽃
5. 여행을 떠나요
6. 진짜 사나이(건전가요)

가왕, 같은 하늘 아래 살아줘 고마워요

음악 쪽 일을 하다 보니 주변에 연주자, 평론가, 공연 기획자, 앨범 제작자, 음악 애호가 등이 많다. 이분들의 공통점은 음악을 사랑하고 음악이 담긴 앨범을 어떤 형태로든 모으고 수집하는 데 남다른 열정을 보인다. 인터넷만 연결되면 전 세계 모든 음악을 손쉽게 듣는 세상이 되었지만 지인들은 CD, 카세트테이프, LP를 사서 듣는다. 더군다나 중고 LP는 골동품 대접까지 받는 상황이어서 물욕이란 것이 안 생길 수 없다. 소중한 LP는 2장을 사서 하나는 듣고 하나는 미개봉 상태로 보관하는 경우까지 생긴다. 전방위적으로 앨범을 구해 박물관이 아닌가 생각되는 분이 있고,

어떤 분은 딱 자기가 좋아하는 음악가의 앨범만 추려서 듣는 분도 있다. 그리고 어떤 지인은 그렇게 애지중지하던 앨범을 모두 팔아 치우면서 디지털 세상에 맞게 스트리밍으로 음악을 듣겠다고 선언하는 분도 있다.

나는 앨범을 살 때 3가지 정도 구매 조건이 있는데 1)좋아하는 아티스트가 2)선호하는 음반사에서 3)멋진 커버로 발매되면 구입하는 편이다. 그리고 LP를 살 때 CD와 중복은 피하려고 하지만 위 3가지 조건이 충족되면 장바구니에 담는다. 다만 몇십 몇백만 원 하는 LP들은 그림의 떡이라 생각하고 패스한다. 음악은 논외로 하고 그런 앨범들은 사놓으면 가격이 오르기 마련이지만 그게 잘 안 된다. 주머니 사정도 있고 한 장 값이면 다른 앨범 10~20장을 살 수 있으니 결국 포기하게 된다. 그리고 앨범을 살 때 감안하는 것이 하나 있는데 좋아하는 아티스트나 밴드가 있으면 그들이 발표한 앨범 전부를 구하는 것이다.

마일스 데이비스Miles Davis, 허비 행콕Herbie Hancock, 스탄 게츠Stan Getz, 밥 제임스Bob James 등 오랜 세월 활동한 재즈 연주자들의 전작 구비는 쉽지 않지만, 최대한 활동 전반을 아우르는 앨범 컬렉션이 되게 노력한다. 재즈는 한 아티스트가 평생 20~30장 넘게 내기 때문에 전작 구비가 참 어렵다. 마일스 데이비스 같은 경우는 정규작이 90여 장에 가까워 전작 구비는 박스 세트가 아니면 꿈도 꾸기 어려운 일이다. 다행히 2000년대 들어 아티스트의 전작을 담은 박스 세트가 출시되어 비교적 저렴하게 듣게 되었다.

재즈를 제외한 해외 앨범은 자연스럽게 1970~80년대 활동한 록 밴드로 추려지는데 멤버의 사망으로 해체되고 이런저런 이유로 팀이 와해

되어 활동 기간이 10년 안쪽이면 전작에 충분히 도전할 만하다. 그리고 전작 구비는 5장 이상은 되어야 의미가 있는데 그 기준은 자주 등장하는 '레드 제플린'이다. 1968년에 밴드를 결성해 1집 〈Led Zeppelin〉을 1969년에 발표하고 1980년에 드러머 존 본햄이 사망하면서 밴드는 해산한다. 마지막 앨범 〈Coda〉를 1982년에 발표하면서 발매 앨범을 10장으로 마무리한다. 비공식 라이브 앨범이 몇 차례 발매되었지만 1969년부터 1971년까지 BBC 라디오 방송국에서 가진 실황을 모아 발표한 〈BBC Sessions〉(1997)와 2012년에 발매한 〈Celebration Day〉 정도만을 정규작으로 친다. 특히 〈Celebration Day〉는 레드 제플린 앨범을 제작한 애틀랜틱 레코드의 설립자인 아흐메트 에르테군[1]의 1주기를 추모하기 위해 2007년 12월 10일에 가진 역사적인 재결합 공연이다. 드럼은 사망한 존 본햄의 아들 제이슨 본햄Jason Bonham이 연주했다.

그리고 딥 퍼플Deep Purple, 핑크 플로이드 등이 있고 이들 외에 현재 활동하고 있는 메탈리카, 라디오헤드Radiohead 같이 밴드도 신보가 나올 때마다 챙기면서 전작 구비를 완성해가고 있다.

국내 가수와 밴드도 마찬가지다. 1960년대 앨범은 가격이 높아 엄두를 못 내지만 이후 음악들은 전작 구비를 위해 노력한다. 4장의 앨범을 발표한 따로 또 같이, 9장의 정규작을 발표한 송골매를 비롯해 김현식, 조규찬, 봄여름가을겨울, 김현철, 우리 노래 전시회, 산울림, 해바라기, 장기하와 얼굴들이 있다. 최근 음반 시장이 디지털 싱글과 EP[2] 출시가 주를 이뤄 정규 앨범이 많지 않지만 에프엑스와 레드벨벳 같은 아이돌의 전작 수집도 모으는 재미가 제법 있다.

그래도 전작 구매를 꼭 해야 하는 아티스트를 꼽으라면 단연 조용필이다. 2018년에 활동 50주년을 기념해 대대적인 전국 투어를 12회나 가진 조용필은 〈Hello〉까지 19장의 정규작을 선보이고 있다. 1950년생으로 이제 70대에 접어들었지만, 조용필은 언제나 청춘이고 그걸 음악으로 무대에서 보여주고 있다. 미8군에서 음악을 시작하고 뛰어난 기타리스트였다는 것은 많이 알려져 있다. 대마초 파동으로 1970년대 후반, 활동이 묶이지만 1980년대로 접어들면서 우리가 알고 있는 가왕의 길로 들어선다. '창밖의 여자' '단발머리'가 실린 공식 1집 〈조용필 대표곡 모음〉을 시작으로 1년에 1~2장의 앨범을 꾸준히 발표하며 1980년대 가요 프로그램과 시상식을 석권하고 일본 음악 시장까지 진출한다. 워낙 많은 앨범을 발매했고 모두 수작이어서 고르기 힘들지만 4집, 7집, 10집, 12집, 13집을 명반으로 꼽는다.

그중 4집과 7집을 특히 좋아하는데 1982년에 발표한 4집에 실린 '못찾겠다 꾀꼬리'는 KBS 1TV 〈가요톱10〉[3]에서 10주 연속 1위를 차지한다. 이후 〈가요톱10〉에서는 5주 연속 1위 하면 순위 집계에서 빼버리는 '골든 컵 제도'를 만든다. 1985년에 발표한 7집은 조용필의 밴드인 '위대한 탄생'의 역할이 두드러진 타이틀로 록적인 색채가 짙은 앨범으로 평가받는다. 언제나 훌륭한 연주자를 기용하고 녹음과 후반 작업에서도 최고만을 고집한다. 그래서 조용필의 음악은 세월이 흘러도 촌스럽지 않고 감동을 주는 명반으로 평가받는다. 7집에 수록된 '어제, 오늘 그리고' '그대여'는 모두 골든 컵을 수상하며 한 해에 골든 컵을 두 번이나 수상하는 기록을 세운다. 요절한 천재 음악가 유재하의 '사랑하기 때문에'의 조용필 버전이 여기에 실려 있다. 그리고 록 감성이 짙은 '미지의 세계' '아시아의 불꽃' '여행을 떠나요' 3곡이 뒷면을 수놓는다. 1980년에 나온 1집부터 2013년에 나온 19집까지 한국 대중음악은 조용필의 앨범으로 정리할 수 있다. 해외 그 어떤 아티스트의 전작과도 바꿀 수 없는 한국 대중음악의 소중한 기록이고 보물이다.

2018년, 조용필과 위대한 탄생 50주년 전국투어 콘서트를 잠실종합운동장에서 봤다. 비가 아침부터 제법 내리는 5월 12일 토요일이었다. 쌀쌀한 날씨였지만 주경기장은 조용필의 노래와 팬의 함성으로 꽉 찼다. 쉬는 시간 없이 2시간 넘게 공연을 보는데 신기하게도 모든 곡을 따라 부르고 있는 것이 아닌가. '허공' '꿈' 등 조용필이 히트곡을 부를 때면 잠실 주경기장이 떠나가게 모든 관객이 '떼창'의 진수를 보여주었다. 또 언제 공연을 할지 모르지만 소식이 전해지면 꼭 다시 보고 싶은 공연이다.

그런데 개인적으로 2018년 활동 50년을 맞아 20번째 앨범이 나올 거라 기대했었다. 19집 〈Hello〉가 나온 지도 벌써 6년이 지났으니 신보가 나올 때가 되었다. 내부적으로 어떤 일이 진행되고 있는지 알 수 없지만 2019년에 준비해서 조용필이 만 70세가 되는 2020년 3월 21일에 발매되길 기대해본다.

한 번도 인사 나눈 적 없지만, 청년 시절 모습부터 봐 와서 그런지 친근한 용필이 형! 같은 하늘 아래 살아주어서 고맙고 감사하다. 20집 기다리며 '이젠 그랬으면 좋겠네' 듣고 있는데 참 좋다.

▶
가왕 조용필은 1980년 지구레코드에서 발매한 공식 1집
〈조용필 대표곡 모음〉을 시작으로 'Bounce'가 실린 19집 〈Hello〉까지
모든 앨범이 명반이다. 라이브 앨범, 독특한 콘셉트 앨범, 대기업 광고용 앨범,
곡 순서가 다른 앨범까지 조용필의 전작은 쉽지 않은 길이다.

1) 아흐메트 에르테군Ahmet Ertegun(1923~2006)

터키계 미국인 사업가로 애틀랜틱 레코드의 창립자. 직업 외교관의 아들로 친형 네수히 에
르테군Nesuhi Ertegun은 애틀랜틱 레코드에서 재즈 앨범을 제작했다. R&B와 록 뮤지션
들을 발굴하고 앨범 제작하는 데 비상한 재능을 보였다. 1986년부터 헌액자를 선정하고
있는 '로큰롤 명예의 전당' 설립을 주도하기도 했다.

2) EP(Extended Play)

'Extended Play' 이니셜로 1~2곡이 실린 싱글과 10곡 이상 수록된 정규 앨범 사이에 위치
한 7인치 45회전 음반을 말한다. 현재는 5곡 내외 앨범을 뜻하며 국내에서는 미니앨범이
라고도 하지만 정확한 표현은 EP다.

3) 〈가요톱10〉

1981년 첫 방송된 KBS 1TV의 가요순위 프로그램(현 뮤직뱅크). 1980~90년대 한국 대중
음악의 흐름을 이해할 수 있는 귀중한 프로그램이지만 IMF 구제 금융 사태 이후 예능 프
로그램 폐지의 일환으로 1998년 2월에 종영된다. 5주 연속 1위 하면 받는 골든 컵 최다 수
상 가수는 7번인 조용필이 압도적 1위이고, 한 앨범에서 골든 컵 수상 곡 2곡을 배출한 앨
범 2장(5집 '나는 너 좋아' '친구여', 7집 '어제 오늘 그리고' '그대여')을 보유한 가수도 조
용필이 유일하다.

MILES DAVIS QUINTET

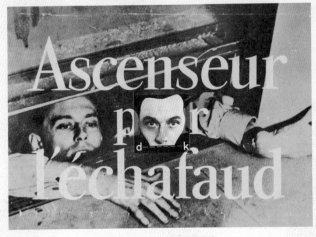

BANDE ORIGINALE DU FILM DE LOUIS MALLE
"ASCENSEUR POUR L'ECHAFAUD"

Miles Davis

Fontana • 1958년 • Philips 일본 재반(Mono, 1983년), EVER-1016(M)

Side A
1. Générique
2. L'Assassinat De Carala
3. Sur L'Autoroute
4. Julien Dans
   L'Ascenseur
5. Florence Sur Les
   Champs-Élyseés

Side B
1. Dîner Au Motel
2. Évasion De Julien
3. Visite Du Vigile
4. Au Bar Du Petit Ba
5. Chez Le Photographe
   Du Motel

영화 말고 음악만 들어도 좋아

잡지 편집장을 오래 하다 보니 재즈 감상에 대해 강의할 기회가 많다. 백화점, 문예 아카데미, 학교, 관공서, 동호회, 기업, 오디오 숍 등에서 재즈 역사, 연주자, 앨범, 한국 재즈 등 여러 주제로 재즈를 소개한다. 선생님들이 매번 가르치면서 배운다고 하는데 나도 강의 준비하면서 공부하고 익힌다. 수강생들은 전공생이 아닌 이상 재즈에 관심이 있는데 어떻게 시작해야 할지 모르는 분들이 대부분이다. 그분들에게 첫 시간부터 프리재즈[1]나, 오넷 콜맨[2]을 얘기하면 그건 재즈에 겨우 닿아 있는 아슬아슬한 끈을 싹둑 자르는 일과 같다. 물론 비밥의 날 선 연주가 처음부터 신선하게 들리는 분이 있고, 셀로니어스 몽크의 투박한 피아노가 귀엽게 다가오는 분도 있다. 그렇지만 대부분 보컬이 있는 재즈와 팝과 클래식을 재즈로 연주한 스타일을 선호한다.

이렇게 여러 주제로 재즈를 소개하지만 수강생에게 인기 있는 강좌 주제는 영화와 관련된 것으로 영화에 흐른 재즈 듣기, 재즈 연주자의 일대기를 그린 영화 등 '재즈와 영화'다. 재즈와 관련된 영화는 이미 오래 전부터 있었고, 재즈에서 자주 연주되는 스탠더드는 오래 전 뮤지컬과 영화에서 사용되었기에 고전 영화를 좋아하는 분들은 비교적 재즈 감상을 쉽게 시작한다. 2015년에 국내 개봉한 영화 《위플래쉬》와 2017년 내내 열풍으로 이어진 《라라랜드》는 재즈가 잘 녹아든 영화다.

재즈 드러머를 꿈꾸었던 감독 데이미언 셔젤의 작품답게 《라라랜드》에는 재즈 이야기가 곳곳에 담겨 있다. 재즈의 'J'자도 모르는 여자 주인공 미아(엠마 스톤)에게 재즈에 관해 설명하는 남자 주인공 세바스찬(라이언 고슬링)의 외침은 아주 좋은 강의 아이템이다. "난 재즈가 싫어요."라는 완전 재즈 '초짜' 미아를 데리고 재즈가 흐르는 라이브 클럽에 가서 세바스찬은 이렇게 설득한다.

"재즈는 뉴올리언스 싸구려 여관에서 탄생했죠. 장소는 좁은데 사람들은 넘쳐나지, 서로 언어가 달라서 말은 못 하지, 그래서 태어난 소통법이 재즈였어요."

이렇게 재즈 역사를 간략하게 요약한다. 그런데 이제 막 연애를 시작하는 단계이니 그윽한 눈빛만 보내도 될까 말까인데 재즈를 이해 못 해한심하다는 표정을 짓는 세바스찬을 보면서 '아…… 재즈를 너무 좋아하면 연애도 쉽지 않구나'라는 생각이 들었다. 그런데 이런 나의 걱정에도 아랑곳 않고 세바스찬은 바로 재즈 형식을 설파한다.

"재즈는 그냥 듣는 음악이 아니에요. 얼마나 치열한 대결인지 직접 봐야 해요. 저 친구들 보세요."

그리고 세바스찬은 무대에서 연주하는 연주자들을 가리킨다.

"저 색소폰 연주자를 보세요. 방금 곡을 가로채서 멋대로 가지고 놀아요. 다들 새로 작곡하고 편곡하고 쓰면서 선율까지 들려주죠. 이젠 또 트럼펫이 할 말이 있군요."

이젠 미아에게 재즈에 관해 설명하는 것이 아니라 자기가 연주에 빠져들어 독백을 하는 것만 같다.

"서로 충돌했다가 다시 타협하고 그냥 매번 새로워요. 매일 밤이 초연이에요. 진짜 기가 막혀요."

재즈 연주에 대한 나무랄 데 없는 설명이지만 로맨틱한 분위기에 와인 한 잔하고 싶어 하는 연인에게 강요하듯 재즈를 설명하는 모습에서 솔직히 숨이 막혀왔다. 그러고 보니 미아와 세바스찬은 결국 연인이 못 되고 각자 길을 가는데 재즈 궁합이 안 맞아서란 생각이 들었다.

《라라랜드》로 재즈와 조금 친해졌다면 스윙 빅밴드를 이해하는 데 도움이 되는 일본 영화 《스윙걸스》(2004), 쿠바 음악과 재즈를 멋진 애니메이션으로 그린 《치코와 리타》(2010), 위대한 색소포니스트 덱스터 고든Dexter Gordon이 직접 출연한 진정한 재즈 영화 《라운드 미드나잇》(1986), 가상의 천재 피아니스트가 등장해 초기 재즈를 설명하는 《피아니스트의 전설(The Legend of 1900)》(1998) 같은 영화를 추천한다. 그리고 재즈 연주에 집중하고자 한다면 마일스 데이비스[3]가 음악을 맡은 《사형대의 엘리베이터Ascenseur Pour L'échafaud》를 빼놓을 수 없다. 프랑스 누벨바그[4]의 기수, 루이 말 감독의 1958년 작품으로 연극 무대에서 실력을 쌓은 누벨바그의 여신 잔느 모로가 주연을 맡았다.

나는 누벨바그, 아니 프랑스 영화를 잘 모른다. 몇 번 보기는 했지만, 프랑스 영화는 언제나 개운하지 않았고《사형대의 엘리베이터》도 DVD를 사서 보다가 졸음을 이기지 못하고 몇 번의 실패 후에 끝까지 봤다.《사형대의 엘리베이터》를 본 건 당연히 영화 음악을 듣기 위해서였다. 음악은 트럼페터 마일스 데이비스가 맡았는데 녹음한 1957년은 자신의 재즈 퀸텟(5중주)을 이끌던 때로 작곡과 연주 모든 면에서 최고의 수준을 보여주었다. 그리고 좋은 대우를 받으며 프레스티지 레코드에서 콜롬비아 레코드로 이적해 그야말로 탄탄대로의 길이 열린 때다. 이때 유럽 투어로 프랑스에 오게 되는데 함께 연주한 프랑스 출신의 베이시스트 피에르 미셸로Pierre Michelot의 추천과 루이 말 감독의 제안으로 영화 음악 녹음이 성사된다. 음악 없이 완성된 영화를 보면서 즉흥적으로 연주하며 곡의 아이디어를 만들고 유럽 투어를 하면서 다듬어 1957년 12월 5일 포스트 파리지엥 스튜디오에서 단 4시간 만에 녹음을 끝낸다. 녹음 당시 여주인공 잔느 모로가 와서 이야기를 나누고 그녀의 귀에 대고 뮤트 트럼펫[5]을 부는 로맨틱한 사진이 노출되면서 둘은 스캔들에 휘말리기도 한다.

안개 자욱한 파리의 뒷골목, 쓸쓸히 내리는 이슬비와 저녁 카페 거리, 자동차 추격 씬, 그리고 엘리베이터에 갇힌 암울한 모습 등 영화는 전반적으로 어둡고 불안하다. 마일스 데이비스는 서늘한 뮤트 트럼펫 연주를 배경에 깔고 영화의 각 장면에 맞게 변주해서 연주한다. 영화와 별개로 앨범만 들어도 훌륭하다. 장면 전환이 느껴지는 템포와 침울한 재즈 사운드를 듣고 있으면 영화 장면이 머릿속에 그려진다. 연주는 미국과 프랑스 연합 팀으로 미국은 트럼펫의 마일스 데이비스와 드럼에 케니 클락Kenny Clarke, 프랑스는 베이스에 피에르 미셸로, 피아노에 르네 우르트르제René Urtreger, 색소폰에 바르네 윌랑Barney Wilen이다. 프랑스 연주자들은 당시 유럽에서 이름을 알려나가는 20대 젊은 연주자들로 마일스 데이비스와 재즈 역사의 한 페이지를 쓴다.

1958년 O.S.T. 앨범이 처음 나올 때는 10인치 반[6]으로 여주인공 잔느 모로의 얼굴이 나오는 커버였다. 그러다 12인치 반으로 발매되면서 커버 디자인이 변경되는데 사진도 남자 주인공 줄리앙 타베르니(모리스 로네)가 엘리베이터에 갇혀 있는 것으로 바뀐다. 이후 LP는 줄리앙이 나온 커버로 발매되다가 1988년 CD가 처음으로 발매되면서 10인치 초반 커버를 살려내고 이후 재발매 LP들은 모두 잔느 모로가 나온 초반 커버를 싣는다. 소개한 LP는 초반 커버가 다시 나오기 전인 1983년 일본 재발매 앨범으로, 엘리베이터에 갇혀 어쩔 줄 모르는 줄리앙의 시선과 두 팔이 영화의 결말을 보여준다. 총 10곡이 수록되어 있지만 오리지널이 10인치 반이었기에 앞뒷면 합쳐 20분 조금 넘는 짧은 러닝 타임이 아쉽다. 다행히 CD로 발매되면서 오리지널에 실리지 못했던 여러 테이크를 담아 74분을 채우고 있다.

마일스 데이비스의 음악을 듣고 있으니 생각난다. 졸면서 보긴 했지만, 줄리앙이 계획된 살인을 벌이기 위해 타고 올라간 로프를 놓고 오지 않았다면, 아니 그걸 가지러 가지만 않았다면 이 사달이 벌어지지 않았을 텐데…… 그러고 보면 제일 불쌍한 건 사랑밖에 모르는 꽃집 아가씨 베로니크(요리 버틴)다. 철부지 애인 루이 때문에 얼떨결에 훔친 줄리앙의 차를 타고 그로 인해 플로랑스(잔느 모로)에게 줄리앙의 애인으로 오해를 받는다. 도피 중에 만난 독일인 부부를 루이가 우발적으로 살해하자 얼빠진 루이를 데리고 현장을 빠져나와 루이와 약을 나눠 먹고 자살을 시도한다. 그런데 독약이 아니라 수면제여서 다음날 깨어나고 간밤에 일어난 모든 사건의 진실이 밝혀진다.

영화 내내 마일스 데이비스 음악은 스펀지처럼 스며든다. 베로니크가 루이와 음독자살하기 전에 들은 하이든의 현악 4중주 5번 세레나데 2악장만 빼고는 흠 잡을 데 없는 영화 음악이다. 내가 감독이라면 하이든 대신 턴테이블 옆에 있는 마일스 데이비스 10인치 반을 올리거나 촬영 당시 쳇 베이커가 발표한 'Everything Happens To Me'를 넣었을 텐데.

1) 프리 재즈Free Jazz

재즈의 정통적인 규칙과 원칙에서 벗어난 연주로 시대를 앞서간 선구자적인 연주자들에 의해 1960년대 발생한 재즈 형식. 재즈 스탠더드를 연주하기보다 순간적인 즉흥 연주에 몰입하고 조성이나 박자, 형식에 구애받지 않는 자유로운 연주를 펼친다.

2) 오넷 콜맨Ornette Coleman(1930~2015)

미국의 재즈 색소포니스트로 존 콜트레인과 함께 1960년대 프리 재즈의 선구자 역할을 했다. 색소폰 외에 바이올린, 트럼펫을 연주한 멀티 플레이어로 미리 정해진 길을 걷지 않고 코드, 박자, 템포에서 해방되어 자유롭게 연주했다.

3) 마일스 데이비스Miles Davis(1926~1991)

미국 일리노이주 태생으로 비밥 재즈를 시작으로 이후 등장한 재즈의 모든 스타일을 일궈 낸 재즈계 스타일리스트. 뛰어난 트럼펫 연주와 작곡, 최고의 연주자를 밴드 멤버로 기용 하는 리더십으로 죽을 때까지 재즈계를 호령한 거장이다.

4) 누벨바그Nouvelle Vague

프랑스어로 '새로운 물결New Wave'이라는 뜻으로 1957년 경부터 프랑스 영화계에서 일어난 새로운 풍조를 말한다. 기존의 영화적 관습을 깨고 실존주의적 철학을 바탕으로 작가 개인의 생각을 담아내려고 노력한 영화가 주를 이룬다.

5) 뮤트 트럼펫Mute Trumpet

트럼펫 소리가 나는 입구 '벨'에 음량을 줄이거나 변화시킬 목적으로 쇠, 고무, 유리 등 약음기를 끼워 연주하는 것을 말한다. 종류에 따라 다양한 뮤트 트럼펫 소리가 난다.

6) 10인치 반

12인치 LP(Long Play)가 등장하기 전 SP(Short Play) 시대에는 10인치 크기 음반이 주를 이루었다. 그래서 1950년대 중후반에는 10인치 반으로 나온 다음에 1~2곡을 추가하고 앨범 커버를 바꿔 12인치 반을 발매했다.

Casiopea

Alfa ◆ 1982년 ◆ 일본 재반(1984년), ALR-20002

Side A
1. Take Me
2. Asayake
3. Midnight Rendezvous
4. Time Limit

Side B
1. Domino Line
2. Tears Of The Star
3. Swear

MINT JAMS

멀고도 가까운 나라

일본인들의 재즈 사랑은 대단하다. 영화, 애니메이션, 드라마 등을 통해 재즈가 자주 소개되고 어디를 가나 재즈가 배경 음악으로 흐른다. 국내에 소개된 여고생들의 스윙 빅밴드 도전기 《스윙걸스》와 고교생들의 우정과 사랑, 그리고 그들의 재즈 연주가 인상적인 만화 〈언덕길의 아폴론〉¹¹을 보면 알 수 있다.

1960년대 일본 쇼와 시대를 배경으로 한 TV 만화 시리즈 〈언덕길의 아폴론〉을 보면 미국과 동시에 재즈를 즐긴 일본인의 재즈 사랑을 알 수 있다. 총 12화 중 7화에 음반점을 운영하는 여자 주인공 무카에 리츠코의 아버지 무카에 츠토무가 한여름인데도 셔츠에 넥타이를 한 장면이 나온다. 아마추어 재즈 베이시스트이기도 한 아버지는 존 콜트레인(색소폰)의 부고 소식을 듣고 그를 추모하기 위해 넥타이를 한 것이다. 실제로 존 콜트레인은 1967년 7월 17일에 사망했다. 한해 전인 1966년에 일본을 방문해 공연하고 나가사키 평화 공원에서 인류애를 얘기했으니 일본 재즈 팬들에게 존 콜트레인의 죽음은 더 가슴 아픈 일이었다. 이런 디테일이 살아 있는 재즈 애니메이션을 만드는 감성은 재즈 앨범에서도 확인할 수 있다.

디지털 스트리밍 음악 감상이 대세가 되었지만 일본은 도심 곳곳에 대형 음반매장이 있고, 골목 안으로 들어가면 전문 중고매장이 심심치 않게 눈에 띈다. 재즈를 연주자 중심의 개인 성향이 강한 음악이라고 하는데 일본인의 개인주의 성향과 잘 맞아떨어지는 것 같다. 재즈 클럽과 공연장, 재즈 페스티벌이 있지만 그것보다 상태 좋은 LP를 사서 하이파이 오디오 시스템으로 집에서 감상하는 것을 선호한다. 물론 섣부른 일반화로 일본 재즈 팬이 다 그렇다고 생각하면 안 되지만 이런저런 매체에서 만난 일본 재즈 팬은 이런 모습이었다.

음악과 함께 일본은 잡지 천국으로도 유명하다. 문학, 음악, 취미, 음식, 자동차, 미술, 건강 등 삶의 소소한 것들 모두가 잡지 형태로 발간된다. 당연히 재즈 잡지도 많은데 지금은 폐간이 되었지만 1947년 9월에 창간해 63년간 발행된 재즈 잡지《스윙저널》[21]이 있다.

1950~60년대 모던 재즈 기사와 당시에 찍은 재즈 전설들의 사진, 꼼꼼한 재즈 앨범 리뷰, 재즈 콘서트와 클럽 스케줄, 그리고 재즈에 특화된 오디오 시스템 소개까지 매월 300페이지 이상을 재즈 이야기로 꽉

채웠다. 재즈 잡지는 물론 제대로 된 재즈 서적 한 권 만나기 힘들었던 1980~90년대 국내에서 《스윙저널》은 귀중한 재즈 소식통이었다. 당시 재즈 팬이 제일 부러워한 것이 재즈 앨범 많은 집이랑 서재에 《스윙저널》 몇 년 치가 빼꼭히 꽂혀 있는 집이었다. 그런데 세월은 《스윙저널》도 역사의 뒤안길로 보내고 만다. 예전 같지 않은 판매와 광고 수익으로 인해 2010년 7월호를 마지막으로 폐간했다.

당시 《재즈피플》을 발행하던 때라 《스윙저널》의 폐간 소식이 남의 일 같지 않았다. 오랜 세월 국내 재즈 팬에게도 사랑받은 《스윙저널》의 마지막 모습을 보면서 좀 더 이를 악물고 《재즈피플》을 발행해야겠다는 다짐을 해 지금까지 버티고 있는지 모르겠다. 《스윙저널》은 폐간되었지만 잡지 천국답게 다수의 재즈 잡지(《재팬 재즈》, 《재즈 라이프》, 《재즈 비평》, 《레코드 예술》 등)가 꾸준히 재즈 팬을 만나고 있다.

오랜 세월 일본 문화는 국내에 유통되지 못했다. 중고생 시절이었던 1980년대 일본 노래는 카세트테이프에 복사해서 친구들끼리 나눠 듣는 점조직 형태로 전파되었다. 당시 가장 인기 있던 노래 중 지금도 선율이 떠오르는 곡은 콘도 마사히코가 부른 '긴기라기니 사리게나쿠'다. 얼굴도 모르고 가사도 모르지만 신나는 댄스 곡으로 교실마다 뒤에 앉은 친구들은 이 곡에 맞춰 춤을 췄다.

일본 대중음악은 1998년에 개방되고 2004년 영화, 게임, 앨범이 전면적으로 허용되면서 지금에 이르렀다. 하지만 지상파에서는 일본 대중가요가 여전히 나오지 못하고 있다. 일본 가수의 국내 공연이나 방송에 출연한 것 외에는 전파를 탈 수 없다. 방송통신위원회의 의결 사항이라 강제력은 없지만, 국민 정서상 지상파 방송에서 일본 노래는 아직 들을 수 없고 앞으로도 쉽지 않을 듯하다.

일본 재즈는 연주곡이란 재즈의 특성 때문에 문화개방이 본격적으로 되기 전에 내한 공연이 성사되었다. 1994년 8월 23일, 대한민국 정부수립 이후 최초로 세종문화회관 공연을 가진 일본 재즈 밴드로 티스퀘어T-Square[3]가 있다. 2년 후인 1996년 2월 17일, 예술의전당 콘서트홀에서는 티스퀘어와 함께 일본 퓨전 재즈를 상징하는 밴드 카시오페아Casiopea가 첫 내한 공연을 가졌다. 데뷔 20년을 맞아 갖는 카시오페아의 첫 내한 공연이었지만 당시 일본이 배타적 경제수역에 따른 독도 문제를 들고 나와 예술의전당 입구에서는 공연 반대 피켓 시위까지 열렸다. 다행히 공연은 별 문제 없이 끝났고 이후에도 두 밴드는 몇 차례 내한 공연을 성공리에 치렀다. 20년이 넘은 일이지만 아직 양국의 국민 정서는 한 발자국도 앞으로 못 나간 것 같아 답답하고 안타깝다.

1980년대에 비공식적으로 수입되어 알려진 일본 퓨전 재즈 밴드는 미국의 GRP 레코드와 함께 재즈 팬들에게 사랑을 받았다. 특히 카시오페아와 티 스퀘어는 경쾌한 리듬과 귀에 익숙한 선율로 앨범뿐 아니라 방송의 배경 음악으로도 사용되면서 대중들에게 어필했다. 특히 록에서 재즈로 옮겨오던 나에게 파트별 연주력이 뛰어난 카시오페아는 아주 근사한 밴드였다. 카시오페아는 1976년에 결성되어 지금까지 기타리스트이자 리더인 이세이 노로가 이끌고 있다. 몇 번의 멤버 교체가 있었지만 세련된 선율과 긴장감 넘치는 연주는 40년 넘게 그대로이다.

사진의 앨범은 카시오페아가 1982년에 발표한 스튜디오 라이브 앨범

〈Mint Jams〉로 2집 〈Super Flight〉에 수록된 'Take Me'로 포문을 연다. 이어 4집 〈Eyes Of The Mind〉에 실린 후 카시오페아가 라이브 때마다 연주하는 곡 'Asayake'가 흐른다. 원래는 유럽 진출을 위한 편집 앨범을 만들려다가 라이브의 생동감과 스튜디오 녹음의 섬세함을 보여주기 위해 스튜디오 라이브 앨범을 제작한 것이다. 앨범을 쭉 듣다 보면 관객의 박수가 없어 라이브라는 생각이 안 들지만, 후반 더빙 없이 스튜디오에서 라이브로 한 번에 녹음한 실황 앨범이다. 마지막 곡 'Swear' 끝에만 박수와 환호성이 실려 있다.

카시오페아의 1집 〈Casiopea〉에 실린 'Midnight Rendezvous', 5집 〈Cross Point〉에 실린 'Domino Line' 모두 이들의 대표곡이다. 당시 멤버는 카시오페아 1기로 기타에 이세이 노로, 건반에 미노루 무카이야, 베이스에 테츠오 사쿠라이, 그리고 드럼에 아키라 짐보 4명이다. 〈Mint Jams〉가 사랑받는 건 언급한 대로 베스트 앨범처럼 히트곡이 모여 있고 앨범 커버가 재미있기 때문이다.

'시나 앤 더 로켓츠'[4], '옐로 매직 오케스트라'[5]의 커버를 디자인한 마시오 히루마의 감각적인 일러스트와 디자인은 단순하지만 선명함이 강조된 1980년대 스타일을 잘 표현하고 있다. 이런 스타일의 디자인은 경쾌한 팝 스타일을 상징하는 '시티 팝'과 함께 다시 인기를 누리고 있는데 카시오페아는 시티 팝의 조상 같은 밴드로 평가받고 있기도 하다.

여기서 민트는 식물에서 얻는 박하가 아니라 사놓고 사용하지 않은 것, 즉 최상급의 중고 제품을 말한다. LP 중고 거래 시 개봉해서 한 번만 듣고 구입 때 그대로인 것을 '민트 급'이라고 한다. 잼은 연주, 특히 즉흥적으로 이뤄지는 연주를 말하는 것으로 '민트 잼스'는 '환상적인 연주' '더할 나위 없는 연주'를 뜻한다. 유럽 진출의 자신감이 담긴 〈Mint Jams〉라는 타이틀도 멋지지만 이를 진짜 달콤한 '잼'으로 그린 아이디어가 더 재미있다. 그리고 앨범 왼쪽에 일본어로 적혀 있는 오비가 있다. 일본 앨범의 특징으로, LP 때부터 현재 나오는 CD까지 오비가 대부분 있다. 오비 뒷면에는 1982년 4월부터 6월까지의 투어 스케줄이 빼곡히 적혀 있다.

일본 밴드의 일본 발매 반이니 일본어가 가득한 오비가 어색하지 않지만 예전에는 일본어만 적혀 있는 오비가 보기 싫어 다 버렸다. 요즘은 오비 유무에 따라 가격이 달라질 정도로 중요한 것이 되었다. 해외 음반 컬렉터들에게 커버와 수록곡이 다른 한국의 빽판이 수집 대상이듯, 일본어가 적혀 있는 알록달록한 오비는 시각적인 자극을 주기에 충분하다.

카시오페아는 2006년 세 번째 내한 공연을 가진 후 아직 공연이 없다. 활동을 안 하는 것도 아닌데 너무 소원한 거 아닌가 한다. 공연이 성사되면 어떻게든 만나 오비에 사인을 받아야겠다.

1) 〈언덕길의 아폴론(Kids On The Slope)〉

코다마 유키의 만가가 원작으로 2012년 일본 후지 TV에서 12부작 TV 만화로 방영하고 2018년에 영화도 개봉했다. 1960년대 나가사키를 배경으로, 재즈로 우정을 키우는 고등학생들의 청춘 이야기를 담고 있다. 사실적인 재즈 연주 장면은 인상적이다.

2) 《스윙저널Swing Journal》

1947년에 창간한 일본의 재즈 전문 월간지로 전통 재즈의 가치를 지키고 거장과 그들의 명반을 다양한 주제로 소개해 미국과 유럽에서도 인정한 재즈 잡지다. 63년간 발행을 이어오다 2010년 7월을 끝으로 폐간되었다.

3)티스퀘어T-Square

1976년 일본에서 결성된 퓨전 재즈 밴드로 더 스퀘어The Square로 시작해 1989년에 티스퀘어로 바꾼다. 기타리스트 안도 마사히로를 주축으로 색소폰이 더해진 속도감 있는 연주는 오랜 세월 재즈 팬들에게 사랑받고 있다. 1978년 데뷔 앨범 〈Lucky Summer Lady〉를 시작으로 거의 매년 정규작을 발표하며 왕성하게 활동 중이다.

4) 시나 앤 더 로켓츠Sheena & The Rokkets

1978년 싱글 '눈물의 하이웨이'로 데뷔한 일본 뉴 웨이브 펑크 록의 전설적인 밴드이다. 보컬리스트 시나의 감각적인 보컬과 시나의 남편이자 기타리스트 아유카 마코토의 연주는 70년대 일본 록을 상징한다.

5) 옐로 매직 오케스트라Yellow Magic Orchestra(YMO)

영화 《마지막 황제》(1986)로 아시아인 최초로 아카데미 음악상을 수상한 음악가 류이치 사카모토가 참여한 일본의 일렉트로닉 신스 팝 밴드다. 건반과 보컬의 류이치 사카모토, 드럼과 리드 보컬에 타카하시 유키히로, 그리고 베이스와 건반을 연주한 호소노 하루오미 3명으로 1978년 도쿄에서 결성되었다.

세월이 흐른후에 · ANTONIO'S SONG

박성연과 Jazz At The Janus
지구레코드 ◆ 1989년 ◆ JLS-1202250

Side A
1. 세월이 흐른 후에
2. 밀양아리랑
3. I'll Remember April
4. It Don't Mean A Thing
5. Fried Pie

Side B
1. Antonio's Song
2. 물안개
3. Body & Soul
4. I'm A Fool To Want You
5. Sassy's Blues
6. It's Alright With Me

1 신관웅, 2 조상국, 3 강대관, 4 이판근, 5 김수열,
6 박성연, 7 정성조, 8 조정수, 9 신동진

노래를 계속 부르고 싶었어요

좋아하는 재즈 공연을 보고, 만나고 싶었던 연주자를 만나게 되어 나는 행운아라고 생각한다. 월간지여서 마감이란 십자가가 있지만 그 짐을 기꺼이 짊어질 수 있을 정도로 재즈는 매력적인 음악이다.

재즈 마니아는 다들 비슷한 경로를 거치는데 팝을 듣고 록을 좋아하다 재즈 음악을 접하게 된다. 아트 록이나 클래식으로 가는 분도 많지만 연주 음악에 대한 관심이 많은 나는 재즈의 화려한 즉흥 연주에 빠져 한때 재즈만이 해답이라고 생각하고 들었다. 일렉트릭 퓨전 재즈로 시작해 모던 재즈를 접한 다음에는 찰리 파커Charlie Parker, 버드 파웰Bud Powell,

아트 블래키, 덱스터 고든이 연주한 1950~60년대 재즈만이 위안이 되었다. 서정적인 감동은 우선 순위에서 밀리고 치열하게 연주되는 즉흥 연주만이 카타르시스를 주었다.

그렇게 재즈에 몰입해서 듣던 1990년대 후반 박성연[1]의 노래를 만났다. 한국 재즈 보컬의 대모 박성연을 처음 본 건 재즈 클럽 '야누스'[2]가 대학로에 있던 시절이다. 공연하기에는 조금 이른 시간이라 라이브는 보지 못했지만 야누스의 아득한 공기와 음악소리는 무척 신선했다. 그 이후 라이브로 박성연의 공연을 본 건 재즈 클럽 야누스가 아닌 용인에 있는 호암미술관에서 가진 야외 공연 무대였다.

신관웅, 최선배, 이동기 등 대한민국 재즈 1세대[3]분과 함께 가진 공연으로 화창한 봄날이 재즈와 어울렸고 그중에 가장 아름다운 사람은 박성연이었다. 스윙 리듬을 자유자재로 타며 중저음의 허스키 보이스로 부른 노래는 모두를 재즈에 빠지게 했다. 여유로운 연주와 노래는 그때까지 듣던 치열한 재즈와는 다른, 재즈의 낭만을 알려주었다. 그렇게 박성연을 만났고 나중에 재즈 잡지를 만들면서 뵐 때마다 기쁘고 영광스러웠다.

재즈 클럽 야누스는 1978년에 한국 재즈의 진정한 시작을 알린 곳으로 박성연의 모든 것이 담긴 곳이다. 신촌역 앞 시장 골목 안에 펄펄 끓는 순댓국의 구수한 냄새를 맡아야 2층에 있는 한국 재즈의 사랑방 야누스에 들어갈 수 있었다. 어려운 환경이었지만 매일 같이 반복되는 공연이 아니라 '야누스 정기 음악회'를 200회 넘게 진행해 야누스의 존재 가치를 스스로 증명했다. 그렇게 함께 동고동락하던 대한민국 재즈 1세대 분들과 신촌 시대를 마무리하고 1985년에 종로 이화동 대학로로 이전하고 1997년에 강남 청담동으로 야누스를 옮긴다. 청담동 시기에는 클럽 내

오디오 시스템도 정비해 좋은 소리를 냈지만 결국 누적되는 어려움으로 2007년에 서초동 교대역 근처로 이전해 지하 1층에 둥지를 튼다. 새로운 장소에서 심기일전해 야누스를 열심히 이끌지만, 건강이 점점 안 좋아지면서 결국 2015년에 후배 재즈 보컬리스트 말로에게 야누스 운영을 넘긴다. 박성연은 오래 전부터 신부전증을 앓으면서도 재즈 보컬리스트로서 활동과 클럽 운영을 초인적인 힘으로 버티었는데 야누스를 떠나면서 결국 2016년에 요양 병원에 들어간다.

하지만 박성연은 건강 관리를 하고 몸 상태가 허락하는 선에서 외부 활동을 조금씩 하고 있다. 그 결과로 2016년에 피아니스트 임인건이 만든 〈Janus, The Reminiscence(야누스, 그 기억의 현재)〉라는 앨범에 참여해 노래를 불렀고 이어지는 인터뷰와 작은 공연을 조금씩 소화하고 있다. 특히 2018년 11월 23일 야누스 40주년 때는 야누스에서 오래 기다린 팬들에게 노래를 들려주었다. 휠체어에 앉은 채로 노래하는 박성연의 모습은 야누스가 아니면 볼 수 없는 장면이다. 숨이 차고 음정이 조금 흔들리는 것은 전혀 문제되지 않는다. 한 번 간 길은 돌아보지 않는 재즈의 미덕답게 지금 박성연이 부른 노래는 다시 들을 수 없는 노래이기에 그 자체가 감동이고 예술이다.

2016년 연말이었다. 추운 겨울날 '박성연 선생님'이라고 이름이 뜨는 전화가 왔다. 연로한 부모를 둔 분들은 이해하겠지만 오랜만에 어르신 전화나 친척에게 연락이 오면 가슴이 철렁한다. 그때도 놀란 마음으로 전화를 받았는데 다행히 박성연의 목소리가 전화기로 들렸다.

"광현 씨, 잘 있죠? 시간 내서 나 있는 쪽으로 한번 올 수 있어요?"

"그럼요 선생님, 언제 갈까요?"

"추운 겨울 지나면 한번 들려요. 광현 씨에게 줄 게 있어요."

"예, 선생님 건강 잘 챙기시고 갈 때 연락드릴게요."

이런 대화를 나누고 끊었다. 병원에 입원하고 얼마 지나지 않았을 때로 한번 인사드리려던 참이었는데 먼저 연락 주셔서 너무 송구스러웠다. 3월 말에 찾아뵈었는데 출발하면서 꼭 전화하라고 당부해서 연락드리고 찾아뵈었다. 병실 문을 열고 오랜만에 인사를 드리다 예쁜 모자를 쓰고 환자복 위에 겉옷을 입고 립스틱까지 바른 모습에 그만 울컥했다. 눈을 도저히 마주칠 수가 없었다. 급하게 추스르고 굵어진 손을 잡고 이런저런 이야기를 나누었다. 그러다 침대 옆에 세워 놓은 봉투를 풀면서 LP를 꺼내 보여주셨다.

"이거 내가 가지고 있던 건데 광현 씨가 잘 듣고 소중히 보관해 줄 것 같아서."

"선생님, 저 주셔도 괜찮은 거예요?"

"그럼요. 앨범 보면서 광현 씨랑 덕호 씨에게 한 장씩 드리면 좋겠다고 생각했어요."

"예…… 선생…… 님, 감사히 받을게요. 덕호 선배에게는 꼭 전할게요."

그때 주신 앨범이 〈Jazz At The Janus Vol. 1〉이다. 신촌 야누스 시절인 1985년에 발표한 앨범으로 당시 함께 연주하던 1세대 연주자들의 젊은 모습을 만날 수 있는 귀중한 앨범이다. 박성연이 작곡한 '세월이 흐른 후에'와 '물안개'를 LP 각 면의 첫 곡으로 넣고 박성연이 공연 때마다 즐겨 부르는 'I'm Fool To Want You'와 'Antonio's Song'도 실려 있다.

〈Jazz At The Janus Vol. 1〉을 전해 주면서 직접 사인까지 해서 주시고, 녹음했지만 발매하지 않은 미발표 앨범 〈박성연의 My Way〉도 챙겨 주셔서 받았다.

앨범 〈Jazz At The Janus Vol. 1〉 커버는 연주에 참여한 1세대 분들의 단체 사진으로 장식되어 있다. 맨 왼쪽부터 신관웅(피아노), 조상국(드럼), 강대관(트럼펫), 이판근(베이스), 김수열(테너 색소폰), 박성연(보컬), 정성조(플루트), 조정수(기타), 신동진(테너 색소폰, 플루트)이다. 커버를 볼 때마다 1958년 여름, 위대한 재즈 연주자들이 뉴욕 할렘가에 있는 브라운스톤 빌딩 앞에 모여 찍은 사진 '할렘의 위대한 날'[4]이 떠오른다. 카운트 베이시Count Basie(피아노), 호레이스 실버Horace Silver(피아노), 메리 루 윌리엄스Mary Lou Williams(피아노), 디지 길레스피Dizzy Gillespie(트럼펫) 등 57명의 연주자가 계단을 중심으로 서서 재즈의 위대하고 영광스러운 날을 기념한 사진이다. 현재 이 사진 속 생존자는 당시 가장 어렸던 소니 롤린스Sonny Rollins(색소폰, 1930년생)와 베니 골슨Benny Golson(색소폰, 1929년생) 단 2명 뿐이다. 〈Jazz At The Janus Vol. 1〉 커버에서도 조상국, 강대관, 정성조 3분은 돌아가셨고 앨범에는 참여하지 않았지만, 홍덕표(트롬본), 김대환(타악기), 이동기(클라리넷)도 세상을 떠났다.

사진 '할렘의 위대한 날'에 영감을 얻어 영화감독 스티븐 스필버그는 영화 《터미널》(2004)을 만든다. 재즈를 좋아하는 영화감독이 《Jazz At The Janus Vol. 1》으로 재즈 영화를 만든다면 온 힘을 다해 도와주고 싶다. 《터미널》의 주인공 빅터 나보스키(톰 행크스)는 결국 베니 골슨에게 마지막 사인을 받아 아버지의 유언을 지킨다. 실제 영화에도 베니 골슨이 출연하고 영화 음악도 그가 맡아 연주한다. 우리도 더 늦기 전에 얼른 재즈 영화 하나 더 만들어야 한다.

원고를 쓰는 중인 2019년 봄에 박성연과 박효신이 세대와 장르를 뛰어넘어 음악으로 하나 되는 모습을 보여주었다. 앞서 말한 임인건의 〈Janus, The Reminiscence (야누스, 그 기억의 현재)〉에 수록된 '바람이 부네요'를 둘이 함께 부르고 르노삼성자동차 TV-CF에 사용한 것이다. 그렇게 음악의 끈을 놓지 않는 박성연의 모습을 보면서 재즈 클럽 야누스 생일인 2019년 11월 23일, 그리고 다음 해 그 다음 해 11월 23일을 기다린다.

1) 박성연(1955~)

재즈 클럽 '야누스'를 이끈 한국 재즈 보컬의 대모. 이화여중·고를 나오고 숙명여대에서 작곡을 공부하지만, 미8군에서 노래하며 재즈를 익힌다. 재즈 불모지인 한국에서 야누스를 운영하며 재즈 저변 확대를 위해 노력하고 재즈 보컬을 개척해 나가고 있다.

2) 야누스Janus

1978년에 오픈한 재즈 라이브 클럽으로 영문학자 문일영 선생이 지어준 이름. 연주 무대가 없었던 1세대부터 젊은 재즈 연주자들에게 연주 기회를 제공하고 함께 성장한 한국 재즈의 메카. 현재는 서초동 교대 근처에 있으며 박성연 이후 재즈 보컬리스트 말로가 운영하면서 이름을 '디바 야누스'로 운영 중이다.

3) 대한민국 재즈 1세대

1960~70년대 미8군 무대에서부터 활동한 원로 재즈 연주자를 말한다. 그들은 이미 오래전부터 재즈를 연주하던 선배들이 있기 때문에 자신들을 재즈 1세대라고 할 수 없다고 한다. 하지만 선배들과 함께 연주하면서 재즈를 익힌 이들의 재즈 사랑과 열정은 충분히 1세대의 영광을 받을 만하다. 현재 피아니스트 신관웅을 중심으로 왕성하게 활동하고 있다.

4) 할렘의 위대한 날(A Great Day in Harlem)

잡지 《에스콰이어》의 1959년 1월호에 실린 사진으로 1958년 8월 12일 오전 10시에 프리랜서 사진작가 아트 케인이 찍었다. 초기 재즈 스타일을 구사한 70대 노장부터 새로운 연주로 무장한 20대까지 다양한 재즈 연주자들이 모인 재즈사에 길이 남는 사진이다. 1994년 진 바흐 감독은 사진의 발자취를 찾아가는 동명의 다큐멘터리를 제작하고, 영화 《터미널》에서는 톰 행크스가 사인을 받아야 하는 사진으로 '할렘의 위대한 날'이 사용된다.

Lee Morgan

Blue Note ◆ 1957년 ◆ 일본 재반(Mono, 1984년), BLP 1590.

Side A
1. Candy
2. Since I Fell For You
3. C.T.A.

Side B
1. All The Way
2. Who Do You Love I
   Hope
3. Personality

하루키 형이 15장이면 된대요

지금 쓰고 있는 책이 잘 되면 하나 하고 싶은 게 있다. 음악 좋아하는 분들의 공통된 희망으로 음악을 편히 들을 수 있는 공간, 재즈 카페를 만드는 것이다. LP 바를 운영하는 분들의 고충을 조금은 알고 있고, 재즈 잡지를 20년 만들면서 재즈 클럽 흥망성쇠를 누구보다 잘 알고 있지만 말이다. 꼭 LP 바가 아니더라도 음악을 집중해 들을 수 있는 뮤직 바를 만들어 함께 즐기면 얼마나 좋을까. 준비한 자에게 기회가 온다고 재즈 카페 이름까지 지어 놨다. '캔디Candy'.

〈Candy〉는 재즈 트럼페터 리 모건[1]이 1957년에 발표한 앨범으로 블루노트 레코드의 명반이 집중해 있는 BLP 1500시리즈를 빛내는 타이틀이다. BLP는 블루노트 레코드에서 나오는 앨범에 붙는 일련번호로, 1500시리즈는 1953년부터 1958년까지 나온 앨범을 말한다. 알 수 없는 이유로 BLP 1553번이 빠져 총 99장이 발매되었고, 1959년부터 1962년까지 이어진 BLP는 4000시리즈이다. 재즈 팬이라면 블루노트 레코드에서 발매한 1500, 4000시리즈 199장을 우선 들어야 한다. 리 모건의 〈Candy〉는 BLP 1590번으로 매일 같이 명연과 명반이 쏟아져 나오던 1957년에 녹음한 앨범이다. 바로 앞서 나온 BLP 1589번은 피아니스트 호레이스 실버Horace Silver의 〈Further Explorations〉이고 1591번은 알토 색소포니시트 루 도널더슨Lou Donaldson의 〈Lou Takes Off〉다.

재즈를 주로 들려주는 재즈 카페 '캔디'를 운영하려면 블루노트 레코드가 많아야 한다. CD는 많이 가지고 있지만 LP 바를 하려면 앞서 말한 1500, 4000시리즈 199장 중 적어도 50여 장 이상은 가지고 있어야 한다. 그런데 이 앨범들은 나온 지 60년이 되어 상태가 좋지 않거나 좋은 건 중고 가격이 50만 원에서 앨범에 따라 수백만 원을 호가한다. 리 모건의 〈Candy〉는 경매 사이트에 상태가 안 좋은데도 1500달러로 매겨져 있다. 이럴 경우 발매 당시 나온 초반을 뜻하는 '퍼스트 프레싱' 앨범은 포기하고 이후에 다시 제작한 재반을 뜻하는 '리이슈' 앨범을 구하면 된다.

사진의 앨범 〈Candy〉는 초반이 아니라 블루노트 레코드가 1984년에 새롭게 론칭한 일본 리이슈 반이다. 당시 일본은 블루노트 제작을 도시바에서 했기 때문에 LP 뒷면에 Toshiba-EMI로 표기되어 있다. 그리고 일본에서 1983년부터 2년간 'Blue Note BLP 1500' 시리즈를 리이슈한다. 일본 앨범은 커버 왼쪽에 세로로 들어가는 긴 안내 문구인 '오비'가 꼭 있는데 이 시리즈에서는 원형 스티커로 만들어 붙인 것도 특징이다.

팝과 록 계열에서도 1970년대에 나온 명반들이 2000년대 들어 다양한 국가와 레이블에서 재발매되고 있다. 한국 대중가요에서도 신중현, 김정호, 김정미, 유재하, 조동진, 심지어 만화영화 주제가인 〈로봇태권 V〉 시리즈도 재발매되었다.

"내게 한 장 한 장의 레코드는 보물이었으며 다른 세계로 가는 귀중한 입장권 같은 것이었다."

아주 좋아하는 글귀로 《노르웨이의 숲》 《1Q84》 등을 쓴 소설가 무라카미 하루키가 재즈 전설들을 한 명씩 얘기한 책 《포트레이트 인 재즈》에 실린 글이다. 하루키의 재즈 사랑은 유명한데 소설가로 유명해지기 전인 1970년대 초반, 대학을 졸업하기도 전에 일본 시고쿠 지방에 있는 고쿠 분지에서 재즈 카페 '피터 캣'을 운영했다. CD가 나오기 전이니만 당연히 LP를 틀었을 텐데 그때 만난 재즈 앨범들이 하루키 LP 컬렉션 대부분을 차지한다. 인터넷 검색을 하면 그의 감상실 사진이 나오는데 정갈하게 정리된 LP들이 벽을 차지하고 있다. 대략 7000장 정도라고 하고 오디오는 첨단 제품보다 빈티지 계열의 제품으로 세팅되어 있다.

그런데 2018년 11월에 뉴스 하나가 떴다. 하루키가 자신의 모교인 와세다 대학교에 40년간 자신이 작품 활동을 위해 썼던 원고와 편지, 책, 재즈 앨범 1만여 점 등을 기증한다고 기자회견을 한 것이다. 자녀가 없는 하루키는 본인이 죽고 나서 자료들이 흩어질 수 있다는 걱정과 함께 자료들이 연구에 도움이 되길 바라는 마음을 담아 학교 측에 기증했다. 현실적인 선택이지만 기증은 결코 쉬운 일이 아니다. 1949년생이니 이제 70

대에 접어들었지만 깨어 있는 생각으로 멋진 소설을 쓰고 재즈를 사랑하는 마음 때문에 그를 좋아하지 않을 수 없다. 그래서 나도 책이 잘되면 하루키가 했던 재즈 카페를 하려고 한다. 그러나 사전 준비가 되어 있지 않으면 열에 일곱 여덟은 6개월 안에 가게 문을 닫는다. 하루키도 재즈 사랑의 결정체인 '피터 캣' 주인장보다 소설가로 이름을 알리게 된 것처럼 말이다.

그런데 하루키는 20대에 재즈 카페를 오픈할 자신감이 어디서 나왔을까. 1970년대 초반 달러 쇼크와 오일 파동 때문에 쉽지 않았을 텐데 정말 재즈 사랑만으로 카페를 열었을까. 하루키가 카페 운영할 당시 남긴 인터뷰에서 그 해답을 유추할 수 있다.

Q: 재즈 카페를 운영하기 위해 최소 몇 장의 레코드가 있어야 합니까?
A: 운영해 나갈 자신감만 있다면 15장이면 충분합니다.

1500장, 150장도 아닌 15장이라니. 정말 20대의 뜨거운 열정과 자신감이 느껴지는 말이다. LP 바를 운영하는 분들 얘기를 들어보면 손님들이 들어와서 신청하는 곡이 정해져 있다고 한다. 손님 입장에서 봐도 오랜만에 맘먹고 가는 LP 바에서 자기가 들어왔고 좋아하는 곡을 듣길 원하기 마련이다. 영원한 리퀘스트 1위 곡 이글스의 'Hotel California'를 비롯해 영화 《보헤미안 랩소디》 열풍일 때는 하루에도 수십 번 퀸 노래를 틀어야 했다고 한다.

하루키의 말을 믿고 재즈 앨범을 정리해 보았다. 그런데 재즈 앨범 15

장 고르는 일이 이렇게 어려운 일인 줄 몰랐다. 눈을 감고 잠자리에 들면 '앗, 이 앨범을 빠뜨렸네', 어느 날은 '그래, 이건 좀 겹치는 느낌이야'라는 생각이 머릿속을 가득 채웠다. 하루키 말처럼 '자신감'이 부족한 것일까. 그래도 혹시 궁금해하실 분을 위해 '캔디Candy 컬렉션 15'를 적어본다. 선정 조건은 아이디어를 제공한 하루키가 좋아하는 1950~60년대 발매된 LP로 한정했으며 보컬 앨범은 제외했다. 고르다 보니 악기와 레이블도 고르게 나누어졌다.

★ 〈재즈 카페 '캔디Candy' LP 컬렉션 15〉(알파벳 순)

Art Blakey 〈**A Night At Birdland, Vol. 1**〉 Blue Note, 1957

Cannonball Adderley 〈**Somethin' Else**〉 Blue Note, 1958

Curtis Fuller 〈**Blues Ette**〉 Savoy, 1959

Duke Ellington & John Coltrane 〈**Duke Ellington & John Coltrane**〉

Impulse!, 1963

Gerry Mulligan 〈**What Is There To Say?**〉 Columbia, 1959

Hampton Hawes 〈**Vol. 1 The Trio**〉 Contemporary, 1955

Jimmy Smith & Wes Montgomery 〈**The Dynamic Duo**〉 Verve, 1966

Johnny Coles Quartet 〈**The Warm Sound**〉 Epic, 1961

Kenny Dorham 〈**Quiet Kenny**〉 New Jazz, 1959

Modern Jazz Quartet 〈**Django**〉 Prestige, 1956

Miles Davis 〈**In Person**〉 Columbia, 1961

Roy Haynes Quartet 〈**Out Of The Afternoon**〉 Impulse!, 1962

Stan Getz / Charlie Byrd 〈**Jazz Samba**〉 Verve, 1962

Sonny Rollins 〈**A Night At The Village Vanguard**〉 Blue Note, 1957

Wynton Kelly 〈**Wynton Kelly**〉 Riverside, 1958

    명반 추천서의 탈을 쓴 에세이 《판판판》을 쓰기 위해 LP를 다시 꺼내
들자, 30년 전으로 순간이동을 했다. 그리고 다시 태어난다면 스팅으로
태어나고 싶다는 생각을 했다. 밴드와 솔로로 성공하고 장르의 경계를
넘어선 스팅의 음악적 스펙트럼은 도대체 흠이 없다. 레이 브라운, 지미
헨드릭스, 배철수로 태어나도 좋다. 음악 관련 글을 쓰지 않고 연주하고
노래하는 아티스트가 되고 싶다. 그런데 스팅으로 태어나려면 아무래도
영국에서 태어나야겠지.

    이 책으로 엔진 예열을 했다면 이제는 당신의 음악 이야기를 들춰볼
차례다.

    "모든 음악에는 이야기가 있다."

---

1) 리 모건Lee Morgan(1938~1972)

미국 필라델피아 출신의 트럼페터. 15살에 연주자로 활동할 만큼 뛰어난 재능을 지녀 18
살에 블루노트 레이블을 통해 데뷔한다. '아트 블래키 재즈 메신저스' 출신으로 자신의 감
정을 자유자재로 구사하는 트럼펫 테크닉은 타의 추종을 불허한다. 1960년대에 대단한
활약을 펼치며 정상에 우뚝 선다. 1991년 《다운비트》 명예의 전당에 오른다.

지미 스미스와 웨스 몽고메리가
햄버거 먹는 모습이 멋진 앨범
〈The Dynamic Duo〉에 힌트를 얻어
LP 바 '캔디'를 열면 메뉴로
'지미 햄버거'와 '웨스 샌드위치'를
개발해 팔아야겠다.

《판 판 판》
레코드 판 속 수다 한 판 인생 한 판

초판 1쇄 발행 2019년 6월 20일
초판 2쇄 발행 2019년 11월 11일

지은이 김광현
펴낸이 전지운
펴낸곳 책밥상
디자인 Studio Marzan 김성미
사진 나승열
등록 제 406-2018-000080호 (2018년 7월 4일)
주소 경기도 파주시 문발로 197 우편번호 10881
전화 031-955-3189 **팩스** 031-955-3187
이메일 woony500@gmail.com

제작 제이오 **인쇄** (주)민원프린텍 **제책** (주)정문바인텍

ISBN 979-11-964570-4-4 03810 ©2019 김광현, 나승열

이 도서의 국립중앙도서관 출판예정도서목록(CIP)은 서지정보유통지원시스템 홈페이지
(http://seoji.nl.go.kr)와 국가자료종합목록 구축시스템(http://kolis-net.nl.go.kr)에서
이용하실 수 있습니다.(CIP제어번호 : CIP2019021673)